甘やかされるキス

YOU
HIZAKI
火崎　勇

CHOCOLAT
BUNKO

ILLUSTRATION 円陣闇丸

CONTENTS

順風満帆という言葉は自分のためにある。

愛車、TVRサーブラウのハンドルを握りながら臆面もなくそう思っていた。

それを自惚れと言う者もいるかもしれない。いい気になっていると言うものは更に多いかもしれない。

だが、そんな言葉も称賛の一つと解釈できるほど、自分は満足しきっていた。

鈴蔵嘉瑞《すずくらかずい》という名に『あのデザイナーの』という言葉がつく前から、自分は自分に自信を持っていたし、他人は自分を羨んだ。

異国の血の混じった淡い色の風貌、同じ理由で子供のころから体格もよく、運動能力にたけていたこと。親のせいで生活の拠点が移動するたびに覚えた数種類の外国語を操れるという私自身。

更にその親が人並み外れて裕福であること。

それらはもし私が私でなければ、きっと多少は『いいな』と思っただろう。羨むことはしないと思うが。

ウェーブのある髪を背まで伸ばしているのも特異視されているだろう。

けれど自分ではわかっていた。

それは『自分』ではない。いや、『自分』の一部でしかないということが。

顔なら整形だってできる。

運動神経や学力は実力だが、それで生計を立てられるほどというものではない。

親が金を持っていたとしても、それは自分が手に入れたものではないし、いずれは三人いる兄のうちの誰かが引き継ぐものだろう。少なくとも末っ子の自分に分け与えられるのは、嘆息を漏らすほどのものではないはずだ。

だから、他人に騒がれるたび、自分としてはひどく冷めた気分になったものだ。

そんなものがよくて近寄って来る人間は、そういうものがなくなった途端離れてゆくのだろうと、心を許す対象にはならなかった。

身分の差別とか、階級意識というものはキライだったが、同じくくりで括られた者達でしかわからないものもあると思ってもいた。

つまり、金持ち意識はないけれど、裕福でない人間達は私のサイフを羨んだり狙ったりするのでウンザリってことだ。

かと言って、あからさまに『貧乏人はイヤだよね』という輩と親しくするつもりもなかったので、結局は友人の少ない人生を選ぶことになってしまった。

それが変わったのは、母の友人である女性と知り合ってからだ。

彼女は、ロンドンでは知られたファッション・デザイナーだった。

鷹揚とした性格の老婦人であるそのマダムは、いつも母について行って彼女の服をチョイスする私にデザイナーとしての才能があると断言した。

その気があるのなら、彼女が手を貸してもいい、と。

白状すると、女性の服にすごく興味があったというわけではない。

美しく着飾ってやりたいと思ったのは母だけだった。

けれど、私はその誘いに乗った。

たとえ私がハンサムでも、金持ちでも、デザイナーとしての才能が無ければ芽は出ない。

キッパリと言い切った彼女の言葉に魅了された。

実力しか武器はないという世界に、憧れたのだ。

そして今、東京でのコレクションを終えた自分はその実力だけの世界で成功したと言っていいだろう。

他人が羨む生活をしているだけでなく、自分が望んだ成功も手に入れた。

この状況を順風満帆と言わずして何というのか。

これから一カ月は休暇。

誰にも邪魔されることなく、山奥の山荘でゆっくりとした日々が過ごせる。

もうタフタやシルクやレースに囲まれて時計を気にすることもない。

昼過ぎまで眠り、木陰で本を読み、一カ月後に控えているコンペ用のアイデアを練り、新作を何着か描き溜めておけばいい。

そのための準備はトランクに積んである。

空は少し重たく、灰色ではあったが、自分の心の中は鼻歌を歌いたいほど青空だった。

カーラジオのスイッチを入れ、普段は聞かないようなアップテンポの曲を鳴らしながらアクセルを踏み込む。

想像するだけで心が弾む、楽しいバカンス。

風は、自分に向かって吹いていた。


「大間違いだったな…」

山荘へ向かう途中に思っていたこと、『風は自分に向かって吹いている』というのが、大きな間違いであることを、私は窓の外を眺めながら反省した。

午後に別荘へ到着した時に、生暖かい風だとは思っていたのだ。

灰色の空は、やけに厚みがあるし、大粒の雨も降り出した。

けれど、ここが山の中腹にあるから、山の天気は変わりやすいとも言うし、一時期だけのことだとタカをくくっていた。

だが日が落ちると同時に雨も風もひどくなり、自分に向かっていたのは風だけではなく嵐なのだとやっと理解した。

「まあ、台風だったとしても、ここがどうこうなることはないだろう」

この山荘は古くはあるが、造りはしっかりとしている。梁も太いし、通し柱も立派なものだ。

近くに崩れそうなガケも、決壊を心配する川やダムもない。

山と言っても、日本の山には珍しく等高線の感覚の広いゆるい山だから、周囲は林ばかり。来る途中の細い橋は心配だが、万が一そこが落ちても一カ月分の食料は運んであるし、飲料水を含めた防災グッズもある。

「まさかこんなところでサバイバルをするハメになるとは思っていなかったが…」

窓から離れ、カーテンを引く。

「テレビでもつけるか」

一階のほとんどを占める広いリビングのレザー張りのソファに身を沈めると、静かなはずの室内に響く風雨の音。

幸い、自分はこういうことが怖いタチではない。

むしろちょっとした興奮を味わっていた。

いつもと何か違う感じがしていいじゃないか。

そう…、まるで船に乗っているようだ。船は巨大だからうねりを感じることもないが、波音だけは間断なく届く。そんな気分。

木陰で昼寝はお預けになってしまったが、孤独を堪能することはできる。

気持ちを切り替え、ポケットに入れて置いたチーフを出すと、それで長い髪を縛った。

「今夜はパスタでいいな」

東京からここまで車を運転し、荷物を運び込んだせいで少し疲れていた。

水道が止まることを恐れて風呂に水は張っておいたが、入浴も早めに済ませておいた方がいいだろう。

簡単に食事をして、風呂に浸かって、ゆっくり眠る。

今日のメニューはそれで決まりだ。

風呂に火を点け、片づいたキッチンで水を張ったズンドウを火にかける。

パスタの袋を出し、沸くまでの時間潰しと情報収集のためにテレビのスイッチを入れる。

ローカル番組では風雨の中にビニール傘と雨ガッパで装備をかためたレポーターが、この台風は勢力も大きく、スピードも遅いものだと声を張り上げて忠告していた。

その時だ。

何かが当たるような物音が聞こえた。

最初、テレビの中の音かと思ったがそうではない。

音は現実。

スピーカーではない場所から空気を伝って響いて来る。

リモコンのボタンを押し、音量を下げる。

何か飛んで来たのだろうか？　それとも近くの木の枝が当たっている？

耳を澄ますと、もう一度ダンダン、という大きな音が響いた。続いて人の声らしいものも。

慌てて玄関へ向かいドアの内側で外の様子を伺う。

「おい、誰かいないのか！」

扉一枚外側で、男の声が聞こえた。

「おーい！　開けてくれ！」

叫びながら激しくドアを叩いている。音は、この乱暴なノックの音だったのか。

「…誰だ？」

扉は開けず、声をかける。

「よかった。誰かいるんだな、開けてくれ」

声のトーンはほっとしたものに変わった。

「何か用ですか？」

「車がやられたんだ。電話を貸してもらえないか」

一瞬考えもしたが、こんな山奥で嵐の日に物盗りということもあるまい。まあ大丈夫だろうとカギを外し、ドアを開けた。

途端に吹き込んで来る雨と風を背負って、一人の男が飛び込んで来る。

男は自分で後ろ手にドアを閉めると、犬のようにブルッと頭を振って水滴を振り撒いた。

決して背の低い方ではない自分より、さらに長身の男。

「よかった、人がいてくれて」

叫ばなければ、よく通るバリトンの声だ。

「ここへ来る途中、二軒ほど同じような別荘を見たんだが、どっちも明かりがついてなく

てな」

「今はシーズン前だから、来てる人間は少ないだろう」

「のようだな。だからここに明かりが見えた時はラッキーと思ったよ。オマケに、出迎えてくれたのがこんな美人のお姫さんだとは」

大きな手が水を滴らせる前髪を掻き上げる。

現れたのは、目鼻立ちのクッキリとした彫りの深い整った顔。性格を表すような強い眼差しの目が印象的なハンサムだ。

「すまないが、タオルか何か貸してくれないか?」

彼は髪と同じ真っ黒な目をこちらへ向けた。

影になってはいるが、印象的な目だ。

「あ? ああ、ちょっと待ってろ。動くなよ」

慌ててバスルームへ向かい、タオルを取り、ついでに自分の部屋で着替えを持って戻る。

「しっかり拭いて、これに着替えるといい。さっき点けたばかりでまだぬるいと思うが、風呂に入った方がよければ案内するが」

「風呂か、いいね。少し身体が冷えて来たところだ」

彼は差し出したタオルを頭から被り、乱暴に髪を拭いた。その様もまるで大型犬のようだ。

「いったいどこから歩いて…？」

「この下の橋のとこだ。増水してな」

「橋、流されたのか？」

「いや、橋は無事だが、土砂崩れが起きたんだ。それに車を持ってかれかけた。それでハンドルを切ったら打ちつけちまって、エンストしたんだよ。まあ、それで道を塞ぐ形になったから、橋を渡るヤツの警告になっていいかもな」

「てことは通行止めに？」

「ああ。ところで、ここで脱いでいいのかい？」

「かまわないさ。別に男同士だし」

「そりゃ度胸があっていい。あんたみたいな美人は同性でも男の裸から目を背けるタイプかと思ってたよ」

「何で私が…」

男はにやりと笑い、着ていた物をその場に脱ぎ始めた。

山登り、というわけではないのだろう。脱ぎ捨てた服は肩のところだけ英字新聞をプリントしたコットンブルゾンに、シルクのTシャツ。パンツの方もスッキリとしたスリムパンツで、辛うじて靴だけが山歩き用と言った感じだ。

「全裸のがいいか？」

グレイのボクサーパンツに手をかけ、彼はおどけたように聞いた。

「見たくもない。着替えは渡しただろう」

「だがパンツの中までビショビショなんだ」

「下着も貸せと？」

「できれば」

不遜な態度だ。とても遭難者とは思えない。

「ではやっぱり風呂に入りたまえ、その間に用意してあげよう。脚の裏を拭くのを忘れるな」

「犬扱いだな」

「今は似たようなものだろう」

彼はブルゾンのポケットから財布とキーホルダーを取り出すと、それで残りの服を包んだ。

「それはそこへ置いておけばいい、後で洗ってやるから」

彼はひどく驚いた顔をした。

「あんたが？」

失礼な。

「あんた、じゃないだろう。助けてもらっておいて」

「ああ、悪い。だがこの暗闇じゃ表札も見えなかったもんでな」

「…鈴蔵だ」

名前を知られているとやっかいだと思ったのだが、彼はそれをさらりと聞き流した。

「そうか、俺は斑尾《まだらお》だ。斑尾高原の斑尾な」

変わった名前だが、目の前にいる男にはピッタリのような気もする。

「では斑尾さん、こちらへどうぞ」

「呼び捨てで構わないよ、その方が親しげでいい」

親しいも何も、今会ったばかりではないか。

「じゃ、風呂を貸してもらおうか。どっちに行けばいい？」

「…こっちへ」

「あ、その前に消毒薬か何かないかな？」

「どこかケガを？」

「ここをちょっと」

今まで気づかなかったが、『ちょっと』と言って差し出した彼の右手はべっとりと血で赤く染まっていた。

「ちょっとじゃないだろう！　手を上へ上げろ！」

「車をぶつけた時にちょっとな」

よく見ると、身体を拭いたタオルにも泥と一緒に赤い染みがついている。

「だからちょっとじゃないと言ってるだろう」

「そうかな？　たいして痛まないが。あ、床を汚すほど血は滴ってないぜ」

「痛まないのは身体が冷えているせいだ！　ほら、早く。消毒はその後だ。床なんかどうでもいい」

背中を押し、慌てて彼を風呂場へ押し込む。

斑尾と名乗る男は本当に痛みを感じないのか、平気な顔で風呂場へと消えた。

扉を閉め、シャワーの水音がすぐに流れ出すのを聞いて、思わずタメ息をつく。

嵐だけじゃなく、こんな男まで飛び込んで、いったい私のゆっくりとした休暇はどこへ行ってしまうんだ。

何とかすぐに出て行ってもらわなくては、悪いとは思うが仕方ないだろう。

聞こえて来る風雨の音を聞きながら、それでも今夜だけは泊めるしかないかと思いながら。

台風はここよりずっと南の方で上陸したとニュースでやっていた。そしてすぐその下にはもう一つ、新しいのが来ている、とも。

彼が風呂から上がるのを待つ間、土砂崩れのことを知らせるために役場へ電話をかけると、役場ではそれどころではないという返答をもらってしまった。

この別荘が建つ山の向こう側で、堤防が決壊し、道が水没しているというのだ。そちらは近隣の民家にも浸水があったとかで怪我人も出る大事になっており、こちらの土砂崩れには人は割けないとのことだった。

取り敢えず場所と状況だけ伝えて電話を切り、頭の中に地図を描く。

この山を越える道は家の前を走る道路が一本きりだ。

その道の向こう側とこちら側とで事故が起こったということは、この家は現在陸の孤島ということになってしまう。

得体の知れない男と二人きりで過ごすのは、ひょっとしたら今晩一晩では済まなくなるかもしれない。

彼が空腹であるかもしれないと、作りかけだったパスタを二人分茹で上げ、もう一度テレビのニュースに目をやる。

この雨は今晩一晩は続くだろうから、注意するようにというアナウンサーの言葉が空しく響く。もうすでに注意をするべき事象が起こった後では忠告にもならないな、と。

「上はもう少しゆったりしたのがいいな、胸がきつそうだ」

背後で突然響いた声に驚いて振り向くと、今度は雨ではない雫を髪からぽたぽたと垂らした男が上半身裸で立っている。

子供ではあるまいし、ちゃんと拭くなりタオルを巻きつけるなりできないものだろうか。

「頭はよく拭いてくれ」

「右手が上がらないんでな」

これは自分の方が悪かった。

「…そうだったな。そこへ座れ、手当をするから」

彼をリビングのソファへ座らせ、タオルで頭を拭いてやる。

斑尾は案外おとなしくしていた。

髪を拭いた後その腕を見ると、血が洗い流されて傷がハッキリと見える。ぱっくりというほどではないが、浅い擦り傷というわけでもない。

「腕を出せ」

出しておいた救急箱で彼の腕の治療を始める。

引きしまった筋肉はスポーツをやっている人間のそれのように思えた。

「申し訳ないんだが、今夜だけでも泊めてくれないか？」

男の申し出に、返事は一つしかなかった。

「今夜だけじゃなく、道が復興するまではここへ泊まるといい。いくら見知らぬ人間とはいえ、この嵐の中へ追い出すわけにはいかないからな。それに、道は上下とも不通だ」

「上下とも？」

「山の向こう側は堤防が決壊だそうだ。山を越えてもしばらくは空き家の別荘ばかりで宿もないだろう。明日になったらまた役場に電話を入れるつもりだが、道路が通れるようになるまでは面倒みよう」

「いいのか？　その…、食料とか」

「態度のわりにはしおらしい口をきくじゃないか。不本意だが、一カ月分の食料は持って来ている。二人で過ごしても一週間は楽に過ごせるだろう」

「一カ月なら二週間分だろ？」

「生鮮食品はこっちで買うつもりだったからな」

「なるほど」

消毒薬を塗っても、薬を塗っても、斑尾は一言も『痛い』と言わなかった。相当意志の強い男なのだろう。

きっちりと包帯を巻き、終わりのしるしにわざと軽く傷の上を叩いてもみたが、一声もあげなかった。

「意外に上手く巻くもんだ」

「何が意外だ」

「いや、何にもしないお姫様かと」

「私はれっきとした男だし、傷を作るような生活もして来た。深窓の令嬢を期待していたなら、残念でしたというほかはないな」

「いや、飾り物の姫より、女戦士のが好みだ」

「私は女性じゃない」

「たとえだよ、たとえ。それより、裸で歩き回られるのが嫌なら、もう少し大きい服を貸してくれないか？　下はスウェットだからいいが、上はちょっと小さいんだ。どうも俺の方が姫より胸があるようなので」

「…女性に言ったら殴られるセリフだぞ」

だが彼の筋肉のついた胸囲を見れば納得するしかないだろう。

もう一度二階の自分の部屋へ行き、クローゼットから今度はゆったりとしたコットンシャツを持って戻る。

「ほら」

それを渡すと、彼は器用に片腕だけでそれを着た。

「いったい、こんな嵐の晩にどこへ行くつもりだったんだ？」

「この先に…、友人がいるんで、そいつのところに様子見に行こうかと」

「そちらへ電話しなくていいのか？」

「ああ、車をぶつけた後すぐに携帯で入れておいた」

「それは…」

それは手際がよかったな、と言いかけた時、家中の明かりが消えた。

「何だ？」

驚く私の傍らで口笛が鳴る。

「こいつはもう一カ所土砂崩れでも起きたかな？」

「バカな」

「だがそういうことだろ？　きっとどっかで電線が持ってかれたんだと思うぜ」

確かに、そうとしか考えられないだろう。

この嵐。窓から差し込む月明かりもない。

「ロウソクか何かないのか？」

「買い置きの防災グッズの中に入ってるだろう。そこを動くなよ」

「わかってるって、早くしろよ」

まるで友人のように口をきく男だ。

しかも不遜。

この男に家の中を歩き回られたくないなら自分が動くしかないのだが、まるで使われているようで妙にムカつく。

手探りでキッチンへ向かい、棚の中に置いておいた銀色のバッグの中から、これまた手探りでロウソクらしき物を引っ張り出す。

何かが引っかかっていたのか、ついでにいくつかの物が転げ落ちる音がしたが、今はそれよりも明かりだ。

ポケットの中に入っていたライターで明かりをとり、自分のつかんだものがロウソクであったことを確認して火を灯す。

ゆらめくオレンジの炎は思いの外明るく、ぼんやりとではあったが温かく周囲を照らす。

「これでいいだろ」

「すごい音がしたが、どっかぶつけたのか？」

うっすらとした明かりの中に浮かぶ彼は、両足を投げ出すようにソファに座り、まるでこの家の主のようにくつろいでいる。

「ロウソクを出す時にちょっと物を落としただけだ。そんなすごい音はさせてない」

「ケガは？」

「あるわけがないだろう」

「それで、鈴蔵。腹、減らないか？」

呆れる、ということは自分の長くない人生でそんなに使ったことのない単語だったが、この男にはその一言がピッタリだ。

闖入者であるのに、人を呼び捨てにした上に腹が空いただと？

「…パスタでよければあるが」

「あ、いいな。それ一緒に食べようぜ」

「『食べさせていただきます』だろう。君は態度がデカ過ぎるぞ」

「かしこまっても仕方ないだろう。それとも鈴蔵は他人に頭を下げさせるのが趣味か？」

「そういうことを言ってるんじゃない。礼儀というものだ」

「礼儀ね。じゃ、お願いします。何か食べさせてくださいませ」

からかうようにぺっこりと頭を下げるその様が、また人をバカにしているようだ。

「もういい。そこに座ってろ」

「俺はインスタントでも気にしないタチだからな」

「私はインスタントは嫌いだ」

ロウソクを手に持ち、その尊大な男のために夕食を作るためキッチンへ戻る。

まったく、何てことだ。

どうして自分がこんなことをしなくてはならないのだ。

たっぷりと働いた自分への褒美として、優雅な時間を過ごすはずだったのに。どうしてこんな男のために真っ暗闇で食事を作らなければならないんだ。

怪我人であっても、遭難者であっても、それなりの態度というものがあるだろう。自分だって鬼ではない。『すいませんが』という言葉を添えて話しかけられれば、電話だろうが、食事だろうか、快く提供しただろう。

けれどまるでそうしてもらうことが当然のようなあの態度で来られては、腹が立つばかりだ。

あの男とこれから過ごす時間を考えると、力が抜ける。

「まったく…」

外はまだ降り続く雨。

あの男を追い出すには、まずこの台風が早く過ぎてくれることを祈るのみ、だ。

だがやはりそれはすぐにとは行かないようだった。


斑尾に食事をさせて部屋を与えて、自分もやっと真っ暗な寝室で眠りをとったのは、まだ早い時刻だったと思う。

だから翌日、目が覚めた時、窓の外が薄暗いのは早朝のせいだと思っていた。

けれどベッドから手を伸ばして外しておいた腕時計に目をやると、時刻はすでに八時を過ぎている。

覚醒するまでは、ぼんやりと休みなのだからもう少し眠ろうかと思っていたのだが、どうしてこんなに疲れたのかを思い出した瞬間、ガバッ、と跳び起きた。

「あの男！」

そうだ、今、家には見知らぬ他人がいるのだ。

うかうかと寝てなんかいられない。

灰色の重たい空を尻目に、階下へ駆け降りる。

斑尾はすでに起きており、リビンクへ入ると昨日貸し与えた服に身を包み、電話の受話器を握ったまま私を振り向いた。

「おはよう」

濡れ鼠だった昨夜と違い、薄暗いとはいえ日中の光の中で見るとずいぶん様子が違う。伸ばした背筋、きりっとした顔、昨日は不遜と思った態度も悠然としているように見える。

ハンサムな男だ。

嫌いな顔じゃない。彼が自分の目の前にモデルとして現れたなら、合格を出すだろう。

「…おはよう。何をしてたんだ?」

「携帯の電池が切れたんで、電話を借りようと思ったんだがダメだった」

言いながら受話器を置く。

「ダメって何が?」

「電話線が切れてるらしい。そっちの携帯はどうだ?」

「電話が切れてる?　昨夜は通じてたぞ」

「電気が切れる前のことだろう？　電線が切れた時に電話もイッちまったらしい」

「そんな」

慌てて携帯を取りに自分の部屋へ戻る。

電池はまだ切れてはいないが、表示されたマークは三つの内一つ。あと一回どこかへかけたら切れてしまうだろう。

電気が来ていないのなら、充電することもままならない。

「鈴蔵、どうだ？」

ドアをノックされ、外へ出ると、彼は廊下で待っていた。

「ダメだ。かけられるのはあと一回くらいだろう」

「そうか…、それは万が一のためにとっておいた方がいいな」

「だが、放っておけば無駄に電池を消費することになるぞ」

「それなら電源を切っておけ」

また命令口調だ。

「斑尾さん」

「ん？　『さん』付けじゃなくていいぞ」

「じゃあ斑尾、その口のきき方は何とかしてくれないか。初対面の人間にするものじゃないだろう。失礼極まりない態度だ。いいか、頭を下げろと言ってるんじゃない。昨夜も言った通り礼儀正しくしろと言ってるんだ」

「礼儀ねぇ。俺が無頼漢だからか？」

「無頼かどうかは知らんが、他人であることは事実だろう。知らない人に会ったら挨拶するように親に教えてもらわなかったのか？　他人にものを頼む時には『すいませんが』と言うものだ。貴様が王様でも浮浪者でも、それが当然の態度だ」

「王様でも浮浪者でも？」

「当然だ」

　彼は考えるように黙り込み、それから肩をちょっとすくめた。

「土下座でもしようか？」

「いい加減にしろ！　何を卑屈になってる。それとも君は他人に頭を下げるな、下げるなら土下座しろという教育でも受けているのか」

　自分よりも体格のよいその胸倉をつかみ怒鳴りつける。

「私が求めているのは正しい態度、それだけだ。それ以上でもそれ以下でもない」

「…金持ちってのは偉そうな態度を取りたがるもんじゃないのか？」

「どこでそんな誤った知識を仕入れて来た。私は金持ちでもないし、偉そうな態度を取りたいと思ったこともない」

「こんな別荘を持ってれば金持ちじゃないっていうのは通用しないだろう」

「これは私の持ち物じゃない、私の親のものだ。それに、金を持ってるからってそれが何だ」

「…あんた、デザイナーの鈴蔵嘉瑞だろう？」

知っていたのか。

「いつ気がついた」

「前に雑誌で見たことがある。鈴蔵っていうのは生え抜きのサラブレッドで、尊大で、鼻持ちならないヤツだと聞いていた」

どこかで聞いたことがあるような批評に、私は頭を抱えた。

「それで？」

「だから、先手を講じようと…」

「残念だったな。どこで聞いた話か知らないが、私は別にサラブレッドでもないし、尊大でもないつもりだ。先手も後手もいらない。君に必要なのは一般常識に基づいた『普通の態度』で結構だ」

斑尾はまだこちらをじっと見下ろしていたが、意を決したように頭を下げた。

「『すまないが』腹が減ってるんだが、朝食をもらえるだろうか」

「いいだろう。パンでいいな」

別に特別なことではない。

これが当然の姿だ。

けれど失礼なことに彼は驚いた表情を隠さなかった。

「作ってくれるのか？」

「君は食料品の場所もわからないだろう。そうじゃなくても、腕を怪我した人間に作らせるわけがない」

「俺を追い出さないのか？」

「追い出してどうする。車は動かない、道は塞がってる、電話は使えない、食料も水も持たず怪我をしてる人間なのに。それとも、それでも出て行きたいというなら止めないぞ」

「いや、ぜひ置いてくれ」

「それなら来なさい」

急におとなしくなった斑尾は、黙ってついて来た。

だが昨夜から、彼が人のことを『お姫様』だの何だのと言い、いちいち突っかかって来た理由がやっとわかった。

間違った知識に基づき、こちらに負けぬようケンカを売っていたというわけだ。

自分をやっかむ者達がそういうことを言っているのは、以前も聞いたことがあった。

確かに、自分の経歴は日本では受け入れ難いものがあるだろう。けれどそれと私の態度が尊大だというのは別の話だ。

今まで、誰かにかしずかれたこともなければかしずかせたこともないというのに。

「…すまなかった」

簡単な食事を作って差し出す私に、彼はもう一度そう言って頭を下げた。

不遜だと思った態度が急になりを潜めたところを見ると、彼本来としてはさほど失礼な人間ではないのかもしれない。

食事を終えると、本来ならばゆったりと読書でもと思っていた時間だったのだが、彼が自分の車を見に行くと言い出した。

流されてるかどうか見てみたいと言うのだ。

こんな豪雨の中に怪我人一人で出せるわけがない。一緒に行くからと言うと、またも彼は驚いた顔をした。

「濡れるぞ」

「当たり前だろう、台風なんだから」

「だが…」

「何だ？　また誰かに私は濡れるのが嫌いだとでも言われたか？」

図星だったようだ。

「泥まみれになるぞ」

「だろうな。戻ってから風呂に入れれば済む。ガスは使えるんだから」

結局、二人で雨の中へ出てゆくことを彼も了承し、ずぶ濡れになりながら橋の近くの木に激突したままの彼の車をロープで木に固定した。

片手だというのに彼の力は大したもので、一目おくべき体力だ。

そして戻って来る頃にはすっかり彼の態度は変わっていた。

「灯油があれば、夜に備えてランプを作ってやれると思う。よかったら作らせてくれないか」

遠慮がちに申し出る協力。

元より、誰彼構わずケンカを仕かけていたかったわけじゃない。

彼の態度が軟化すればこちらだって態度は変わる。

「片手でできるのか？」

「ああ、大丈夫だ。空き缶とボロ布も欲しいんだが」

「じゃあ、すぐに用意しよう。この分じゃ、日暮れより早く暗くなりそうだし」

電気の復旧する様子はなく、電話も不通のままだった。

一応昨夜事故の連絡を入れた時、ここに自分達がいることは役場に知らせておいたから大丈夫だと思うが。

このままの状態が続くならロウソクとてそんなに多くあるわけじゃない、ランプがあった方がいいだろう。

彼に材料を渡し、自分は濡れた衣服を片づけながら、斑尾と過ごす時間がいい方向へ向かうような気がして来ていた。

「電気がないと炊飯器が使えないから鍋で飯を炊くことになる、か…」

単なる思い込みかもしれないが、それは悪い気分ではなかった。


「すいませーん！」

青空に響く青年の声。

「どなたかいらっしゃいますかー！」

庭先に出した椅子に座り、木陰の中で読書を楽しんでいた私は、その声に読んでいた本から顔を上げた。

本の間に指を挟み、手に持ってゆっくりと立ち上がる。

「はい、何?」

だが、私が玄関へ到着する前に、斑尾の声が青年に応えているのが聞こえた。

「あ、役場の者ですが、電気と電話の様子を…」

「ああ、昨日の夜復興したよ」

「不都合なところはございますか?」

「いや、ないな」

「そうですか。では、何かありましたらまた役場の方へご連絡いただけますか?」

「ああ、わかった」

ぐるりと表から玄関先へ回ると、ちょうど斑尾に頭を下げて立ち去ろうとするスーツ姿の青年とすれ違った。

「ご苦労様」

「あ、はい。どうも」

他に人がいると思っていなかったのか、スーツの青年はちょっと驚いたように私にも頭を下げ、乾いた泥汚れの残るバンに乗り込んだ。

軽やかなエンジンの音と共に走り去る車を見送り、まだ斑尾が立っている玄関へ向かう。

「何だ、中から戻って来りゃいいのに」

彼は私の姿を見るとにっこりと笑った。

「来客の声がしたからな。だが出てくれたんだろう？」

「ああ、役場の人間だってさ」

「聞いてたよ」

「何かあったら連絡しろと。取り敢えず不都合はないと思ったから帰ってもらったが、それでいいんだろ？」

「ああ」

「入って来いよ、お茶くらい淹れるぜ」

「ＪＡＦは？」

「今日中に来ることになってる。ま、午後になるだろうな」

立て続けに来た二つの大型台風が過ぎ去った翌日、すべてが嘘だったかのような青空が広がり今日で三日目。

斑尾はまだこの別荘にいた。

嵐の中で一応の和解を見せた後、彼は態度を真摯に変え、協力的な態度を取るようになった。

電気が止まり、外へ遊びに出られるわけでもない天候の中ではもちろん、晴れてもテレビ一つ点けられるわけではない中、誰か話し相手がいるというのは悪い気分ではない。

彼の作った手製のランプの明かりを真ん中に、暇を潰すために始めた会話は思ったよりも楽しく、斑尾という男が彼が言うような無頼漢ではないことが知れた。

ポツポツと話すデザイン用語や布の種類なども理解できるようだったし、私がデザイナーであることを知っていて、私の誤ったものとはいえ人物評を耳に入れることができる位置にいるということは、少なからず業界人なのかもしれない。

「俺の友人の知人が、鈴蔵ってデザイナーにインタビューを申し込んだら、『お前ごときは相手にできない』と断られたって聞いたんだ」

「『友人の知人』ねぇ…。インタビューを断るのは私じゃなくマネージャーだと思うよ、それに雑誌の種類や取材趣旨で断ることはあるけれど、個人を嫌って断ったことはないな」

「イギリス貴族の子息って話は？」

「…苗字が日本名なのに？　母は確かにイギリス人だが、貴族でも何でもないよ。万が一母が貴族だったとしても、爵位というのは長男が継ぐものだし、父と結婚した時点で爵位は消失してる」

「そういうもんなのか？」

「そういうものだよ」

「金持ちなんだろ？」

「実家がね。だが、それは父が真面目に働いて稼いだものだ。第一家を出ている私には関係ない」

いったい、彼の友人の知人という人間はどんな知識を仕入れて来たのか。本当に噂というもののいい加減さには驚かされる。

それとも、意図的にやってる人間がいるのだろうか。

考えられなくもないな。

自分が他人の妬みや嫉みの対象になっているであろうことは自覚がある。気にしても仕方のないことだから放置しているが、相手はせっせと悪口をバラまいているのかも。

「鈴蔵はメガネ、かけるのか？」

天気が回復しても、外はまだぬかるみで出ることができない時にも、リビングでスケッチをとる私の傍らで、彼は声をかけて来た。

「ん？　ああ、作業をする時にはね」

口は相変わらずいいとは言えなかったが、これは本人の性質だろう。

私が何かをするたび、興味を持って聞いてきた。

「何を描いてる？」

ひょっとしたらファッション誌の記者か何かかもしれない。

「特に何というわけじゃないさ。ただ、ニットをちょっと使ってみようと思って」

「今年の冬？」

「まさか。それはもうでき上がってるよ。これはまあ、遊びのようなものかな？」

「遊び？」

「この間、久々にアーガイル柄のセーターを見てね。ちょっと面白いからカラーリングを変えて夏向きにしてみようかと」

「アーガイルはベーシックだろう？」

「生地がベーシックでも使い方次第さ。今時はベーシックを嫌う傾向があるが、奇抜なものがいいというわけじゃない」

彼はまるで大型犬が老主人に寄り添うように私の傍らに居たがった。

「セーターは肌触りがチクチクするから、俺は嫌いだな」

体格はよく、なりも男らしいのに、子供っぽい部分が見えるから余計そう思うのだろう。

「ウールではなくカシミアを使えば肌感が上がるから夏でもいけるだろう、斑尾の嫌いなチクチク感もなくなる」

「サマーニットってことか」

「今時はクーラーで風邪をひくからね、ツインニットも出がいいんだ」

「男物はやらないのか？」

「少しはやってるが、男はあまり着飾ってもね」

「自分が着飾りたいような男なのに？」

「どうも斑尾は私を女性視したいようだな」

「ってわけじゃないが、実物を見てあんまり美人なんで驚いた」

不自由な手ながらも、コーヒーを淹れてくれたり、料理の手伝いもしてくれるようになった。

もっとも、彼にとっては私が料理を作ることの方が驚きだったようだが。

何かするたび『意外だ』と口にする斑尾と、優しさが見えるたび『意外だ』と心の中で呟いてしまう自分。

そうして少しずつ歩み寄り、今に至るというわけだ。

電話線が復旧してすぐに、彼の車の引き取りと修理を頼み。橋の方の土砂崩れはまだ撤去されていないが、堤防決壊は水が引けたらしく道路も何とか通れるようになった。

今日の午後、彼の車が引き取られれば、楽しくなり始めた彼との共同生活も終わりというわけだ。

今となっては残念な気もするが、これでやっと一人の休暇が楽しめる。

過ぎた日々を思いながら本を手に家の中へ入ると、まるでバトラーよろしく彼が私の目の前に紅茶をセットしていた。

「どうぞ、お姫様」

この体格の男に『お姫様』もないと思うのだが、目くじら立てるほどのことでもないから、もう放っておくことにした呼称。

気に入っているのか、斑尾はずっとそう呼び続けている。

「腕はどうだ？」

指の代わりにしおりを挟み、本をテーブルに置く。

差し出された紅茶はいい香りがした。

「ん？　ああ、もうだいぶいい。痛みが無くなれば包帯も邪魔なだけだしな」

「車の引き取りが来たら、山向こうの駅まで送って行こう」

喜ぶと思ったのだが、彼は自分のカップを前に急に黙り込んだ。

「斑尾？」

「よかったら、なんだが。もう少し俺をここへ置いてくれないかな？」

最初の頃の態度とは違い、『お願いする』という態度で、彼は申し出た。

「もっと鈴蔵と一緒にいたいと思ってるんだ」

「仕事は？」

「休みを取る。そんなに忙しい仕事でもないし、鈴蔵と一緒にいることの方が楽しい」

真剣な眼差しが、真っすぐに自分を見る。

彼を憎からず思うようになっている自分には、ちょっとドキリとするほど強い視線に、つい口元が歪む。

「金は入れるし、仕事も手伝う。だからもう少し、お前のそばにいたい」

「…どうして？　記事のネタでも探すつもりか？」

「記事？　言っとくが、俺は別にここで知ったことを他人に売るような仕事はしてないぞ。ただ本当に、お前のことを知りたいんだ」

「知りたいって…」

「他人から知らされた間違った情報じゃなく、本当の鈴蔵が知りたい。ここ数日で、俺はずいぶんお前に対する認識が変わった。このまま、どこまで変わるか突き詰めてみたいんだ」

　言いながら彼は椅子から下り、私の前にひざまずいた。

「頼む」

　そして私の手を取る。

「斑尾、私には人をひざまずかせる趣味はないと言っただろう」

「これは俺がしたくてしてることだ。頼む、俺をもう少しここへ置いてくれ」

　彼はそのまま私の手の甲に口づけた。

「な…！　何をする」

　慌てて引っ込めようとしたが、彼は離してくれなかった。

「この数日間、お前と一緒にいてお前に惚れたんだ。だからもっと一緒にいたい」

　臆面もない言葉に、こっちが恥ずかしくなってしまうじゃないか。

「惚れる…って。また人を女性視してるのか」

「違う。何と言うか…、目からウロコだったんだ。まあ、事前に仕入れた情報が悪過ぎたと言やぁ悪過ぎたんだが、鈴蔵という人間が自分の思っていたのとは全然違うのに驚いた。その後お前と話をして、気に入ったんだ」

「気に入っていただいてありがたいが、その手を離してもらえるともっとありがたいんだが…」

「ここへ置いてくれると言ったらすぐに離す」

「脅しだ」

「脅しでもいい。もう少し時間が欲しい。もう少し、鈴蔵を知る時間が」

「私を知ってどうする」

「好きになるかも」

「君はホモか…」

彼はにやりと笑った。

「だとしたらどうする？」

私はもう一度手を引こうとした。だがもちろん、手は離してもらえない。

「差別するか？」

「差別はしないが、自分にその趣味がない以上ご遠慮申し上げるよ」

失礼になるとわかっていても、手を振って振りほどこうとした。

「理解しようと努めてはくれないのか？」

「真剣な相談なら、真剣に考えるが…」

戸惑って答えると、彼はあっさりと答えた。

「まあホモってわけじゃない」

力を込める前に、やっと手が自由になる。

彼は私の前にひざまずいたまま、今度は厭味のない笑顔を向けた。

「人として好きになれるかどうかという話だ。今のところは好きだが、それは俺が怪我人だからかもしれない。普通の人間として接した時、鈴蔵という男がどんな顔を見せるのか、知りたいんだ。第一、ホモだったら嵐でお前さんが外へ逃げられないうちに強姦しとくよ」

「犯罪だ」

「それでも、惚れたらするかもな。俺はアグレッシヴな男だから。遊びじゃやらないが」

「遊びでも、本気でも、そういうことはするもんじゃない。相手の気持ちを無視してするのは、愛情でも何でもないんだぞ」

「だとしても、激情家なんで」

「それじゃケダモノと一緒だ。そういう考え方は好きにはなれない。もし、そんな真似をしたら、私なら一度で嫌いになるだろう。そして二度と一緒にいたいなどと思わなくなるだろうな」

「じゃ、考え方を変えよう。そうしたら置いてくれるか？」

理屈の通っていない会話だ。

別に私は彼の想い人ではないし、彼に襲われることを怖がっているわけでもない。(実際襲われるとしたら恐怖は感じるだろうが)

なのにそれがここへ滞在させる交換条件だというのは、すり替えだ。

「斑尾がどういう考え方をしようと、私には関係はない。私と恋愛するわけじゃないからな。とりあえず、私に向けて君のそのアグレッシヴな所を見せないでいてくれれば、何か手ひどい失敗をして私が叩き出したいと思うまでくらいなら滞在してもいいぞ」

「本当に？」

「嘘を言ってどうする。だから自分の椅子に戻りたまえ。私は誰かにひざまずかれるほど偉い人間ではないのでね、落ち着かない」

「わかった」

答えて、彼はもう一度私の手を取った。

一瞬ビクッとしたが、今度は単なる握手だったようだ。

「それじゃ、しばらくよろしく」

話題が話題だったからか、その力が強かったからか、彼の手は熱く、少しだけ私を落ち着かなくさせた。

不思議なことに…。

結果として、彼を滞在させたのは自分にとってさほど悪いことではなかった。彼の右腕は多少不自由ではあったが、車を運転するにも困ることはなく、家事を手伝うにも充分だった。

そして、彼はアグレッシヴでもあるのだろうが、とてもアクティヴな男で、ゆったりと読書で過ごそうと思っていた私の休暇を別のものに変えるだけのパワーがあった。

どこから調べて来るのか、近くの温泉へ連れ出されたり、オルゴールの館だの、牧場だのへ連れてゆかれたり。

およそ自分一人では出かけなかったであろうところへ引っ張り回された。

「遊び人なんだ」

彼は言った。

「俺は外にアイデアがあると思ってる。家の中で引っ繰り返るのもいいだろう。だがそれはもっと年をくってからすりゃあいい。若いうちはどこへでも出かけて行かなきゃ。知ってるか？『天才は旅をする』って言うんだぞ」

「それは誰の言葉だい？」

「知らん。だがどっかの偉いヤツだ」

私も元来人目を惹く人間だった。

髪の色が薄く、手足が長く、肌も白い。その上、何となく伸ばしている髪が一般人よりも長かったたから。

だが彼はまた別の意味で人目を惹く男だった。

体格がよく、引き締まった筋肉が厭味がない程度についていて、顔立ちも野性的なハンサム。

黒髪を面倒くさそうにザンバラにしているが、それがまた様になっている。

その上、彼は自分が人目を惹いていると知りながら、どこでも目立つような行動をするのだ。ソフトクリーム一つ買うにしても、遠くから私の名を呼んだ。

「嘉瑞！　桃のソフトだとさ！」

彼の車はすでに修理に持って行かれているから、私の愛車で出かけたハーブ園。

「大きな声を出さなくても聞こえる。それに、いつ下の名前で呼んでいいと言った」

土産物を売っている店の傍らにある馬車を模した小さなスタンドの前で大きく手を振る。

「『鈴蔵』じゃ正体がバレるだろ？」

「そんなに売れてる顔じゃない。下の名で呼ばれるほどお前と親しくしてるつもりはない」

「残念だな。俺のことも呼び捨てていいのに」

「お前の下の名前なんか知るか」

「笠《りゅう》だ。編み笠の『笠』と書いて『りゅう』と読む」

「…珍しい名前だな」

「忘れられないだろ？　呼んでみたくならないか？」

「別に。斑尾も充分変わってるからな、そっちでいい」

「で、抹茶とバニラと桃とどれにする？」

「…桃」

自分の周囲にはいなかったタイプの人間だった。

いや、学生時代にはいたかもしれないが、この年になればみな大概は落ち着くものだ。

けれど彼は学生の浮ついたところをそのまま残している。

よく言えば、純真な子供のよう、悪く言えば騒がしいお調子者だ。

けれどそればかりではないから、興味がわく。

「鈴蔵のデザインする服は、みんなベーシックなものが多いんだな」

「私が作るのは、誰もが着られる服だ。特別な『誰か』でなければ着られない服は好きじゃない。だからそう見えるんだろう」

　あと数年で三十になろうとする今になって、ベンチに座って男とソフトクリームを舐めるなんて体験は、きっと彼がいなければできないことだろうな。

「俺は俺だけが着こなせる服が好きだぜ」

「斑尾は派手な男だからな。君が着て来たコットンブルゾンは面白かった。袖に英字新聞がプリントしてあるヤツ」

「あれは『BE―B0P』ってとこの服だ」

「『BE―B0P』？　知らないな」

「アメリカから進出して来たアパレルメーカーだ。主にメンズを手掛けてるから、鈴蔵とは重ならないんだろう。ダチョウの羽のついたジージャンとかもあるぜ」

「それをどこで着るんだ…」

「どこででも。バイクに乗る時に着るとカッコイイかも」

「それで羽を道路に撒き散らすのか？」

「いいじゃないか、後で通ったヤツが、『ここにいったいどんな鳥が飛んでたんだ？』って悩むのを想像すると楽しくなる」

「ばかばかしい」

昼間はずっとこんな調子だった。

どこか遠くへ出掛け、その場で立ち食いするような食事をし、買ってどうするんだと聞きたくなるような物を買う。(わけのわからないツボ押しボールとか…)

彼自身、財布にゆとりがあるようで、遊び方は豪快だった。

けれど夜ともなると、今度は違う顔を見せる。

その変化が私の興味の源だった。

昼間、ひっきりなしに動いていた口は急に重たくなり、私がデザインのラフを描いている横で自分の車から持って来た荷物の中から英語の原書を取り出しページをめくる。

野蛮人とは思わないが、あまり知性的ではないと思われる彼が真剣な顔つきで英語を読み耽るのは意外だった。

テレビのニュースを見ている時も、時事問題に対するコメントを零すのだが、これがまた真面目で、うがった意見が多い。

特に、若者向けのニュースなどは、私に解説してくれるほどの知識があった。

それだけではない。

ファッションのことに対しては私についてくるだけのものがあった。

「トラペーズラインのワンピースはもう古いだろう?」

私の走り描きを見て、そのシルエットのラインを言い当てる。

「そうかな、女性的なラインの一つだと思うが」

好みは違うが考えはわかる。

「ウエストとは言わないが、どっかで一カ所キュッと絞った方がカッコイイと思うがな」

「トラペーズライン自体が台形という意味があるから、絞るのはおかしいよ」

「だから、Aラインとかトラペーズラインってのはぼんやりしてるんだよな」

自分とはまったく違う種類の人間ではあるのだろうが、認めるべき部分もあるのかも。

好きか嫌いかと問われれば、『好き』と答えるだろう。

今までつき合った友人達の中で、一番とは言えなくとも、特別だとは思う。

家の中、彼が視界から消えると、ついその気配を感じようと耳をそばだててしまうほど意識もしていた。

その声を、心地よいと聞いていた。

一カ月取った休暇のほとんどが、彼との時間だった。

だが、その楽しい時間は一カ月よりも前に終わることとなる。

彼が仕事の確認のために入れた一本の電話によって。

「ああ、俺だ」

今日はどこで何をするかをその間に決めておけと言いながらかけた電話。

「何だって？　もう決まった？」

驚いたように大きくなる声。

「そうか…、わかった。じゃあすぐに戻る」

短くそう返事をした彼は、それまで見たこともない厳しい顔をしていた。

まるで、それが本性であるかのような、胸がざわつく表情を。


最初に現れた時と同じ服を着て、ここにいる間に買った様々な物でパンパンになったバッグを持ち、斑尾は私の前に立った。

「短かったな」

彼は感慨深げに漏らした。

「もう二週間以上だ。長いさ」

自分の心の中にも、感慨はある。

誰かと二人きりでこんなに長く生活したことなどなかったのだから、当然だろう。

「俺にとっては短かった。もっと長く一緒にいたかったよ」

空は快晴。

彼の旅立ちを祝うかのように雲一つない青い空だ。

「ずっと、一緒にいて、いろんなことがわかった」

玄関先、ドアにカギをかけ、三段あるステップの上に自分、ステップの下に斑尾。

「外から見て、他人の話を聞いてる限りでは、お前はイヤなヤツだった」

「失礼だな」

「だが、実際に会って、自分の目と耳で知った鈴蔵は、全然別人だった」

「当然だ」

「少し気位が高くて、美人で、世話好きで、ちょっと古くさくて」

「古くさいとは何だ」

「俺にとってはな。そこが好きになったんだからいいじゃないか。お前を、知ることができてよかったと思ってる」

「考えてみれば、私はあまりお前のことを知ることはなかったな。斑尾がどこに住んでいて、何をしているのか」

「最後に来てやっと俺に興味が湧いたか？」

「別に最後に来てじゃない。ただ聞く機会がなかっただけだ」

「俺に、興味があった？」

「それは少しはな…」

「よかった。片思いのままじゃつらい」

「またくだらないことを。それじゃ、お前の住所と仕事先を教えてくれるのか？」

斑尾はにやりと笑った。

「教えない。そのまま興味を持っててくれ。そうしたら、また会った時にお前から声をかけてくれるだろう？」

「何を…」

「きっと、声をかけたくなるさ」

彼は何故かそこでふっと寂しげな顔を見せた。

「教えてくれないなら、話はここまでだ。駅まで送ってゆくから車に乗れ」

バッグを持ち、笑顔を浮かべたままもう乗り慣れてしまった私の車に斑尾が滑り込む。

台風の残した爪痕は、すでに何もなくなっていた。

彼が車を打ちつけた木も、流されかかった橋も、もうすっかり元の形を取り戻している。

美しい林の間を縫うように下る道程の間、彼は何も言わなかった。

顔を背けるように、名残惜しむように、窓の外を眺めたまま、じっとしていた。

人気の無い近くのＪＲの駅まで、車でならたいした時間もかからない。この短い時間が、本当に彼との最後の時間なのかと思うと寂しさを感じた。

台風のように、いきなり訪れて、何も教えてくれないまま去って行こうとする。もう一度、彼と会いたいと、自分は思うだろうか？

その時にはどうすればいいのだろうか。

せめて、電話番号だけでも聞いた方がいいだろうか？

自分を特別に扱うことなく、自分では体験できないような遊びを教えてくれた男。偶然が引き合わせたこの出会いを、このまま失うのは惜しい気がする。

沈黙が続くから、考えが頭の中を巡る。車が駅へ着いた時、私はすっかりこの男との別れを惜しむ気持ちになっていた。

申し訳程度のロータリーに車を乗り入れ、ブレーキを踏み、エンジンを切る。

「着いたぞ」

時計の針はまだ午前中を示しており、やはり駅舎に人影はなかった。

「ああ」

シートベルトを外し、斑尾が足元のバッグに手をかける。

「斑尾、よかったら連絡先を教えてくれるか」

彼はふっと顔を上げ、こちらを見た。

笑顔のないその顔に、何だかこちらが気恥ずかしくなる。

「あれだけ一緒にいたんだから、この後何も連絡しないのも変だろう」

だからフォローするように言葉を続けてしまう。

斑尾は、そんな私の顔をじっと見つめたまま、視線を動かさなかった。

「…何だ。私は何か変なことを言っ…」

そしていきなり腕を伸ばすと、まだシートベルトで固定されていた私の身体を力強く抱き締めた。

「ま…、斑尾?」

まるで、縋るように肩口に顔を埋める。

突然の行動に戸惑っていると、彼は耳元で呟いた。

「鈴蔵」

鼓膜に刻み込まれるような低い声。

「今度会ったら、どんなふうに思っても絶対に声をかけてくれ。俺は…お前が好きだから」

「斑…」

名前を呼びかけた声が途中で遮られる。

ドアが開き、彼が車を飛び出す。

靴音はあっという間に遠ざかって行った。

身体に残された彼の体温が、閉まり切らなかったドアからの風で消えていっても、私は動くことができなかった。

シートベルトを外して、まだ列車の入って来ないホームへ彼を追っていけばいい、見送るにしても罵るにしても追うべきだと思うのに、身体は固まったままだった。

「あいつ…」

ようやく動かした腕で唇を拭う。

風が吹こうと彼がいなくなろうと残ったまま消えぬ感触。

怒りともはじらいともつかぬ感情で顔が熱くなる。

「…本当のホモじゃないか!」

開けっ放しの助手席のドアを閉め、キーを回し、アクセルを踏み込んだ。

タイヤを軋ませながらロータリーを飛び出し、誰も待たない自分の別荘へ真っすぐにハンドルを切る。とにかく、この場から離れてしまいたくて。

人影がなくて幸いだった。

もし誰かが見ていたら何と思われるか。

「今度見かけても、声なんかかけてやるもんか!」

怒鳴って噛み締める唇。

たとえ痛みが走っても、力を緩めることはできなかった。

たった今嵐のように去って行った男が口づけたその感触を消すためには。


「おはようございます」

「久々ですね」

「おはようございます」

活気溢れるオフィス。

入るなり迎えられる声に手を上げて応えながら、デスクの間を泳ぎ自分の部屋へ向かう。

パーテーションで仕切られた最奥の扉を開けると、そこにはスーツに身を固めた自分よりも年上の男性がにっこりと笑いかける。

「おはようございます、鈴蔵さん」

気に入った調度品に囲まれた部屋に、大きなデスクとトルソー。

そしていつも通りに笑顔で迎えるマネージャーの小川《おがわ》。

ここが自分の城、『サイクロイド』のオーナールームだ。

「おはよう」

後ろ手にドアを閉めると、ざわめきは一瞬にして消えた。

「長期休暇はいかがでした？」

小川が慇懃な態度でそう言って傍らに立つと、私は正直な気持ちを口にした。

「最低！」

思い出したくもないことを思い出し、またムカッ腹が立つ。

レザー張りの座り心地のよい椅子にどっかりと腰を下ろし、コーヒーを頼み、デスクの上に置いてある書類を手に取ってはみるが、頭の中は最悪の日々がぐるぐると駆け巡るのを止められない。

そうだ、この休暇は最悪だった。

自分の予定では、コレクションの疲れを癒すために、一人でゆっくりと読書と自堕落の日々を過ごすはずだった。

だが突然のダブル台風に、それ以上の嵐だった斑尾の出現。

だがそれでも、彼が本性を表さない間は結構楽しい日々だった。

けれど、彼は最後に私を裏切った。

こちらの意志も無視してキスをして、逃げ去ったのだ。

腹立たしいのは、自分がその事実をそんなに怒っていないということ。

その後は彼のいない別荘に、彼の気配を感じ、頭の中はあの男がチラチラとし、休むどころではない。

ここに斑尾がいれば、と思うたびに首を振って悪態をついた。

人の気持ちも聞かずにあんな不埒な真似をする男を、どうして欲しなければならないんだ。

しかも本気で恋愛を打ち明けられたならまだしも、やり逃げるように消えるようなヤツを。

結局、別荘住まいは早々に切り上げ、東京の自分のマンションへ戻ったのだが、それでも頭の中にはあの男のことばかりが浮かんだ。

もう一度会ったら殴ってやりたい。

どうしてもっと早くに連絡先を聞かなかったのか。

無頼漢だとわかっていたのに、親切になぞしてやるんじゃなかった。

あの時、何か一言いえばよかった。

複雑にからむ後悔に次ぐ後悔で、はらわたが煮えくり返る。

そして休暇が終わる今に至るまで、腹立たしいことにあの男は私の頭の中に居座っているのだ。

「コーヒーをどうぞ」

小川の差し出したコーヒーにブラックのまま口をつけ、何とか頭を切り替えようと努力する。

「コレクションの後はどうだった？」

「バイヤーの反応は上々です。雑誌の取材もずいぶん来たようですし、どれも好意的な記事になってました。特にサーコート風の上着が評判がよかったようです」

「あれは私も気に入っている」

「色違いを出してはどうかと営業の方から上申がありましたが？」

「検討しよう。希望するバイヤーがいるのか？」

「はい」

「じゃあすぐに生地選びをするように」

「わかりました」

仕事は山ほどある。

あの男にかかずらわっていられるほど自分は暇ではないのだ。

現場へ戻れば、自分には『やらなければならないこと』と『やりたいこと』がいっぱいある。一人で何もすることがないから、なかなかあの男の影を消すことができなかっただけで、ここへ来ればすぐにすべて忘れてみせる。

「先日依頼のあったコンペへの参加はどうしますか？」

「コンペ？」

「デンマークのエルステッド社のコンペです」

言われて思い出した。

確か休暇に入る前にオファーが来ていると言っていた仕事だ。

「車のコマーシャルだったか？」

「はい」

そうだ、デンマークの自動車メーカーの日本参入で、コマーシャル用のドレスを作って欲しいという話だった。

鳴り物入りの企画は起用するモデルも一流ならかかる金も一流。上手く手に入れることができればテレビや雑誌などマルチ・メディアでの展開が約束されている。

「何社で競うことになった」

「絞り込みでウチともう一社が残りました。正式なコンペの依頼書も届いています。引き受けますか？」

「もちろんだ。依頼書を見せてくれ」

小川は自分のデスクから封書を持って来ると、中から書類を差し出した。

会社のエンブレムの入った上質な紙にはタイプ打ちで簡単な説明が書かれている。

以前、ＦＡＸで受け取ったものと同じ内容だが、コンペの説明をする日時と場所が追記されていた。

「明後日か…」

「相手は『ＢＥ―Ｂ０Ｐ』というブランドです」

「『ＢＥ―Ｂ０Ｐ』？」

どこかで聞いた名前だ。

「アメリカ資本ですが、先日日本に進出して来ました。若手、という点ではウチと同じレベルと言っていいでしょう」

アメリカ資本…。

『アメリカから進出して来たアパレルメーカーだ。主にメンズを手掛けてるから、鈴蔵とは重ならないんだろう。ダチョウの羽のついたジージャンとかもあるぜ』

頭の中、思い出したくない声が響く。

「あれか…！」

「ご存じですか？」

小川の問いに、慌てて首を振る。

「…いいや知らん。名前だけ聞いたことがあるだけだ」

「資料を用意してありますが？」

「…別に見なくてもいい。明後日になれば向こうの人間と会うことになるんだろう」

「はい」

イライラする。

あの男の着ていた服のメーカーと争うなんて。

確か彼の言葉では奇抜な服ばかりを作るような言いっぷりだった。

つまり、ベーシックな私と、奇抜な『BE―B0P』と、水と油で打ちつけようという魂胆なのだろう。出来上がりの服を見てCMコンセプトを決定させるつもりかもしれない。

「小川は『BE―B0P』の服を見たことがあるか？」

「資料を揃えた時に少し」

「どんなふうだった」

　これは仕事のための質問だ。

　別にあいつが口にしていたからではない。

　自分に言い聞かせながら問いかけると、マネージャーは少し口ごもった。

「どうした？」

「一言で言えば、ウチとはまったく違う、という感じですね。アメリカではメンズが主体でしたが、日本店ではレディースも手掛けているようです。ただ、ターゲットの年齢層が被っているので、出店場所は似ています」

「相手にとって不足はない、と？」

　彼はそこでも一瞬返事をためらった。

「まったく色の違うものですから…。そうだ、ともそうではないとも言えない相手ですね」

「わかった…」

　つまり、競い合うというよりは正面激突という勝負になるわけだ。

『サイクロイド』の名前が通っていると言っても、それは一部の愛好者にでしかない。

　つまり、ファッション性を重要視する若い女性にのみ通っている名前だ。サン・ローランやラガーフェルド、フェンディのように、その服を欲しいと思わない人間までが知っているブランドではない。

けれどマルチ・メディアで展開されるコマーシャルに乗ることができれば、それはこちらにとっても大きなメリットになる。

相手も、きっと同じ考えで来るだろう。

「エルステッド社の資料を揃えてくれ。本国でのコマーシャルを手掛けたものが手に入ればありがたい」

「雑誌ですか？　テレビですか？」

「どちらもだ」

「雑誌は用意してありますが、テレビの方となりますと、少々時間が…」

「それでも構わない。クライアントのコンセプトを把握しておきたいんだ」

「わかりました」

小川は軽く頭を下げると、再び自分のデスクへ戻り、何冊かの雑誌を持って来た。

所々に付箋が貼ってあり、そのページを開くと、望んでいたものが載っていた。

「ありがとう。しばらくは一人にしてくれ」

「コレクションの批評記事はどうします？」

「そっちは後で目を通す」

「では」

彼が一礼してドアから出てゆくと、私は小さなタメ息をついて視線を雑誌のページの上に落とした。

仕事だ。

仕事に専念するのだ。

これは自分にとってのチャンスであり、ブランドにとってのチャンスでもある。

二度と会うはずもないくだらない男に対して、腹を立ててる暇などないのだ。

彼は私を知っていたが、私は彼を知らない。

彼が聞いた私の情報は誤りばかり。

つまりそれは自分と彼との間には大きな隔たりがあるという証拠だ。

だから、もう彼と会う機会なぞないのだ。どんなに腹を立てても、文句一つ言える可能性もないのなら、忘れてしまった方がマシだ。

今までそうしようとして失敗して来たのに、私はまたそう思った。

だが今度は違う。

空っぽの時間にそれしか考えることがなかった今までとは違う。

これからは、この仕事のことだけを考えていればいいのだ。だから忘れられるはずだ。

あの男とは、二度と会わないのだから。

「綺麗なフォルムの車だな…」

雑誌の広告を見ながら、そのためのスイッチを入れた。

これからは、ビジネスタイムだというスイッチを…。


エルステッド社の日本本社は、まだオフィスだけしかできていなかった。

だがそのオフィスは都心の名の通ったビルに構えられており、すでに看板だけは大きく掲げられている。

ショールーム等はコマーシャルの企画と連動させてスタートするのだと、案内してくれた若い男は言った。

「正直に申しまして、日本の車は優秀です。何せ世界一ですからね。アメリカやイタリア、ドイツなどもそうです。その中で性能性を謳って新規に参入をするのは難しいんじゃないかというのが我々の考えでして」

彼は受付から自分を案内するだけの役割だと思うのに、熱心に説明を続けた。

「だったらデザイン性とイメージ戦略だということになりましてね。特に価格を下げることによって、日本の若者にアピールしたいんですよ」

それらはすべてあなたの会社から届いた依頼書に書いてありました、と言うこともできず、黙って彼の後をついてゆく。

「そこで、今日本の若者に人気のあるブランドをピックアップした、という次第でして」

ゆるくカーヴを描く廊下の右手側には、ガラスブロックで仕切られた部屋が続く。

おしゃべりな男はその壁にあるいくつ目かのドアの前でやっと歩みを止めた。

「本部長、お連れしました」

ブルーのドアを軽くノックし、返事を待たずに扉を開ける。

思っていた通り、彼は中へは入ろうとせず、ドアを押さえたまま私を中へと促した。

「失礼します。『サイクロイド』の鈴蔵です」

軽く会釈して入る部屋は会議室なのだろうが、銀色の長いテーブルと銀のイスが、赤いカーペットの上に並ぶモダンな造りだ。

そしてその長いテーブルの一方に、上品そうではあるが、どこか脂ぎった感じのするスーツの男が座っていた。

「これは、これは。どうも初めまして」

男は立ち上がり、数歩私の方へ歩み寄ると、握手を求めるように手を差し出した。

「『エルステッド』の飯尾《いいお》と申します。さ、どうぞこちらへ」

その男に手を握られるのはあまり歓迎したくないことだったが、そんなことよりも今、この瞬間、何もかもをどうでもいいと思わせるものがその部屋にはあった。

「お一人でいらしたんですかな?」

「…はい」

「そうですか。いや、『BE—B0P』の方はお二方でいらしたものですから」

飯尾が示した、彼の向かい側の席には、確かに二人の人間が座っていた。

「初めまして、『BE—B0P』の丸山《まるやま》と申します」

先に席を立って頭を下げたのは、髪をボブに揃えた美しい女性。

「初めまして、『サイクロイド』の鈴蔵です」

だが、後からどっこいしょといった感じで腰を上げた男は…。

「『初めまして』、『BE—B0P』の斑尾と申します」

あの男だった…。

髪にクシを入れ、スーツなぞを着てはいるが、間違えようもない。

嵐と共に私のところへやって来た、あの不埒者本人だ。

殴ってやりたかった。と、同時にどうしてお前がここにいるのかと問い詰めたかった。

だがそんなこと、できるはずがない。この状況では。

「さあさあ、どうぞ。まずはお座りください」

飯尾の言葉に、私はぎゅっと拳を握り、彼等から一つ置いた席に腰を下ろした。

不幸中の幸いだったのは、女性の丸山さんの方がこちら側に座っていてくれたことだ。そうでなければ、この怒りはもっと抑え難いものになっていただろう。

「それでは、両社お揃いになりましたところで、今回の依頼内容についてもう一度ご説明申し上げます」

飯尾の言葉が頭の上を過ぎる。

目は彼の方を見ているのに、意識は別の方に向いてしまう。

私がそうであるように、ここにいるのは『BE―B0P』のデザイナーということになる。女性の方がそうだったとしても、同行しているということは、彼も間違いなくデザインスタッフの一人であるはずだ。

私はこのオファーをコレクションの時にはすでに内々に耳にしていた。こういうことは多少の差はあったとしてもどこか一社だけに早く情報が回るということはないはずだ。まして『BE―B0P』はここにこうして残っているのだから、扱いとしてはウチと同じだろう。

　ということは、だ。

　斑尾が別荘へ現れた時、この男は私が彼にとっての何者であるかを知っていたんじゃないだろうか。

　いや、きっと知っていたに違いない。

　彼が私の情報（誤ったものばかりだが）を手に入れたのは、コンペで争う相手だからだったのだろう。

　敵情視察。

　そうとも知らず、私はこの男を家へ上げ、あまつさえ目の前でデザインラフを描いたり、ファッションの話をしたりしていたのだ。

　悲しみともショックともつかぬ気持ちで、目眩がしそうだ。

　悲しみ？　いや違う。これは怒りだ。

　卑怯な真似をしたスパイ行為への怒りだ。

「…と言うわけで、当社の製品はイメージ優先でも充分勝負ができると思うわけです。そこで『BE―B0P』さんと『サイクロイド』さんとに、優秀なるデザインをご提供いただきたいと願った次第でして」

飯尾の説明が終わっても、私の中の怒りは増すばかりだ。

仕事に集中しなくてはならないのに、今聞いたことがずるずると流れてしまう。いけない、このままではあの男の思うツボだと思うのだが、どうしても平静にはなれなかった。

「質問してよろしいでしょうか」

隣の席で、女性が形ばかりの挙手をする。

飯尾はにっこりと笑ってうなずいた。

「どうぞ」

「コンペの審査員はどなたがおやりになるんですか?」

「デンマーク本社から役員が参りますので、そちらが二名。そして日本本社の代表取締役、そして私企画部長兼営業本部長、そしてコマーシャル撮りを依頼している今藤《いまふじ》監督です」

「あの新進の映画監督の?」

「ご存じでしたか? そうです。快諾いただきまして、彼に撮ってもらうことが決定しております」

今藤といえば、映画監督もそうだが、近年若いアーティストのビデオクリップを手掛けて話題の監督ではないか。

これはますます逃せない仕事だ。

「『サイクロイド』さんは質問は？」

水を向けられて、思わず小さく咳払いをする。

「そうですね、ＣＭ撮りに使われる車の資料などをいただければと思いますが…」

「それはすでに用意してあります。ただし、これは社外秘なので、取り扱いにはご注意いただきたいと思います」

「もちろんです」

三人、異口同音に返事をする。

あの男と声が重なったかと思うだけで少しムカついたが、顔には出さなかった。

「では、これをどうぞ」

飯尾は社名の入った大型の封筒を二通取り出し、私と女性の前に置いた。

「性能の件に関しては必要ないと思いましたので、スチールが何枚か入っているだけです。ですが、それも重要機密なんですよ」

彼はもったいぶった口調で繰り返した。

どうやら、この男はくどいタイプらしい。

「提供できるものはこれだけです。それと、これは基本コンセプトと起用モデルの写真です。もしどうしてもという希望がありましたら、まだ変更の余地はありますが」

もう一つの封筒が差し出され、またそれぞれに渡される。

「つまり、一番は私達ということですか？」

丸山さんが聞いた。

「いえ、こう申し上げては何ですが、一番は今藤監督ということになります。二社にコンペで競っていただくのもそのためです。両社のどちらか、氏のイメージを動かしていただけた方が採用ということになります。もっとも、我が社のコンセプトラインから大きく外れた場合はこれには当たりませんが」

封筒の中のモデルの写真は男女一枚ずつ。

女性に強いウチと、メンズが主体と聞いている『BE—B0P』とは五分の勝負か。

「それでは、場所を変えてもう少しゆっくりとお話でもいかがですかな。デザイナーさんの考えも少しお伺いしたいですし」

こういう仕事において、食事の誘いは営業活動の一環だということはよくわかっていた。

だから、どういう時も、時間の許す限りつき合うべきだと。

しかも今回はいろいろと細かい内容や彼等の望んでいることを引き出すためにはもっと会話が必要だとも思う。

けれど、私にはできなかった。これ以上あの男のそばにいることなど。

「大変申し訳ございませんが、本日はちょっと所要がございまして。もしよろしければ私はこれで退出させていただきたいのですが…」

飯尾氏はあからさまな不快を示した。

「そうですか？　これもまた仕事の話だと思うのですが」

「いや、実は私どももできればこれで失礼させていただきたいのですが…」

言ったのは斑尾だった。

「ちょっと、斑尾さん」

彼女がテーブルの陰で斑尾の袖を引く。

「残念ですが、本日はこれで。次回の時にはこちらが席を設けさせていただきますから」

「そう…、ですか？」

飯尾はまだ不満げではあったが、両社共に申し出ては返す言葉がないのだろう。渋々とひっこみ、自分から席を立った。

「では、次回はもう少しお時間を割いていただけると信じてますよ。こちらの意向ですとか、まあいろいろと細かい話もありますからね」

彼は言い捨てるようにして、ドアを開けた。

「さ、どうぞ」

戸口に一番近い自分が、会釈してその横を通り抜ける。続いて丸山さんと斑尾がついて来た。

「エレベーターまでお見送りを」

飯尾は、自分にとってあまり得意ではないタイプの男に思えた。表向きは紳士そうなのだが、どこか粘着質な気がして。

けれど、ここで彼を追い返すとさらに気まずい状態になるだろうから、私は敢えて笑顔でその申し出を受ける。

「ありがとうございます、では是非」

ガラスの壁に沿って、訪れた時の道を元へ戻る。

誰も口をきかない短い距離。

それでも空気は重く、誰もがその理由を明確にはできぬまま感じとっている居心地の悪さ。

「では、またご連絡さしあげますので」

エレベーターホールで、飯尾は頭を下げると自分達を案内して来たのとは反対側の通路に消えた。

斑尾が、一人でなくてよかった。

ここにいる女性が何者かは知らないが、彼女がいなければ自分が何をしていたか。

…恐らく、場所がどこであれ、構わずそこにいる男に殴りかかっていただろう。

「『サイクロイド』は鈴蔵さんがオーナーデザイナーだそうですね」

その最後の助けである女性が口を開いた。

「え？　ええ。『BE—B0P』は違うんですか？」

「私達は出資者があって、デザイナーがあってですわ。申し遅れましたが、こちらの斑尾が主任デザイナー、私は補佐兼パタンナーですの」

「ああ、そうですか」

女性への礼儀として笑顔は浮かべたが、胸の中の怒りはその一言でさらに増した。

主任デザイナーだって？　完璧な同業者ではないか。あの時、少しもそんな素振りも見せなかったクセに。

やはり確信犯だったのだ。

私の情報を売って生活しているわけではないと言っていたが、それはそうだろう。売る必要なんかなかったのだ。私の情報を欲しがったのは斑尾自身だったのだろうから。

「あ、来ましたわ」

一緒にエレベーターに乗ることもためらわれたが、乗らずにいることもできないから、狭い空間に脚を踏み入れる。

ボタンを押し、下降する個室の中で、さらに彼女は続けた。

「私、『サイクロイド』の服、持ってますわ。好きですの」

「…ありがとうございます。こんな美しい女性にそう言っていただけるとは光栄ですよ」

「まあ、お世辞ばっかり。鈴蔵さんこそ、こんなに素敵な殿方だと知っていたら、私もっと気合入れてきましたのに」

「はは…、それはどうも」

この女性は、知っているのだろうか。そこにいる斑尾が私の別荘に来たことを。

「斑尾さん、どうしたの黙りこくって。鈴蔵さんがハンサムなんで当てられた？」

…どうやら何も知らないらしい。

名前を呼ばれた斑尾は、私を見下ろすように見ると、営業用のスマイルを浮かべた。

「いや、本当に美人で」

それが彼の地の笑い方でないことくらいもうわかる。あれが芝居でなかったとしたら（あんなに長い間一度もボロを出さずに芝居ができたとは思えない）、こいつはこんな型に収まったような笑い方はしない。

「とんでもない、斑尾さんでしたっけ？　あなたの方こそ性格の出たいい顔をなさってる」

言葉中をトゲにして向ける言葉に、彼は気づいているだろう。

「本当に、こんな方にはお会いしたことがなくて驚きですよ」

笑顔の奥で睨みつける視線にも、気づいているだろう。

だが何も言えまい？

彼女がここにいる限り、お互い様だ。

「よかったじゃありませんか、褒められて。この人、本当はもっと粗野なんですよ。でもどうやら鈴蔵さんの前で緊張してるみたい」

「丸山」

「いいじゃありませんか。別にケンカしてるわけじゃないんですから」

諌められても、彼女は意に介した様子もなく笑顔を向けていた。

だが間違ってますよ、お嬢さん。我々はケンカはしていないが、親しく口をききたいと思うような間柄でもないんです。

エレベーターはすぐに一階に到着し、軽やかな音が響き扉が開いた。

「お先に…」

一分一秒とて一緒に居たくないから、非礼ながらも彼女の横を擦り抜けて外へ出ようとした。

その瞬間、誰かが私の腕を取った。

いや、『誰か』ではない。斑尾だ。

「丸山、ちょっと先に行ってろ。俺は彼と話がある」

「私はない」

「いいから」

「斑尾さん」

彼女が不審な目を向ける。

「行ってろ」

だが上司の命令は絶対だった。

「…はい」

「離せ」

もがくように腕を振ったが、相変わらずのバカ力は解けなかった。

困惑顔の彼女はそれでも上司の言うことを聞いてエレベーターを降りてしまう。

彼が最上階のボタンを押すと、無情にも扉は私と斑尾を残してピッタリと閉じた。

「どういうつもりだ！」

聞く者がいなければ、怒りを隠す必要もない。

この行動だけでなく、ずっと腹に据えかねていた怒りは奔流となって溢れ出した。

「鈴蔵」

「呼び捨てにするな。『初めまして』の相手なんだろう？」

「あれは便宜上だ、わかってるクセに」

「わかってる？　ああ、わかってるさ。お前がライバル社のデザイナーだってことは、さっきちゃんと知ったよ。私のところへ転がり込んだのも計算ずくだったんだろう？」

「違う。あれは半分は偶然だ」

「偶然？」

「事故は偶然だった。確かに、お前さんをつけていたのは事実だが…」

「つけたのか」

「だから偶然だ。顔は雑誌で知っていたし、ちょっと暇だったんで追いかけてみようと…」

「それで？」

腕を取られたままでいるのが許せなくて、力任せに強く振りほどく。

今度は簡単に手が外れ、私は彼から離れるように個室の奥へ身体を引いた。

「偶然車が事故って、他に行く先がなかったから、お前のところを訪ねたんだ。あの時は仕方ないだろう。あの嵐で、付近で明かりのついている家はお前のところしかなかった」

「だが身分を隠して居座った。それは私が『サイクロイド』の鈴蔵と知っていたからだ。仕事で当たる相手だと」

「否定はしない」

開き直ったように、彼はそれを認めた。

「それで私のデザインを覗き見して、あんな…、あんな嫌がらせを」

「お前のデザインなんか覗いたりしない。俺のモノとお前のモノとじゃ全然コンセプトが違う。それにキスのことを言ってるならあれは嫌がらせじゃない」

「じゃ、何だと言うんだ」

「惚れたからさ」

いけしゃあしゃあとしたそのセリフを聞いた瞬間、私の右手はその頬に振り下ろされた。

乾いた空気の中、パンッと高い音が響く。

「いい加減にしろ！」

何が『惚れた』だ。

その時、エレベーターは目的の階に到着し、扉が開いた。

もちろん待つ者なぞいるはずもない。

エレベーターがこれ一つしかなかったとしても、最上階から階段で下りるハメになったとしてもかまわないと思って飛び出しかける。その腕をまた彼が捕らえ、今度は一階へのボタンが押される。

「お前がどうでもいいヤツだったら、噂通りのヤツだったら放っておくつもりだった。だが、そうじゃなかった。だから忠告することがある」

「お前の忠告？　お前に注意しろっていうのか？」

「聞け、鈴蔵」

「聞く必要はない！」

下降する空間。

だが今度は二人きりでというわけにはいかなかった。

途中の階でエレベーターの動きは止まり、扉が開く。

何も知らないサラリーマンは、明らかに様子のおかしい私達を見て、一瞬ぎょっとしたように脚を止めた。

今しかない。

そう思って、その男を突き飛ばすように何階だかわからないフロアへ飛び降りる。

「鈴蔵！　待て！」

冗談じゃない。

このままた捕まったら、今度は何をされるか。

「この仕事は降りろ！　聞こえてるか！」

道もわからぬまま走るフロア。

彼が追って来ないのは幸いだった。

非常口の表示を目指し、とにかく廊下を駆け抜け、厚い防火扉を開けてひんやりとした空気がたまる階段へ。

足音はなかった。

声もなかった。

けれどすぐに階下へ下りる気にもなれず、私は堅い壁に寄りかかるとずるずると床へ座り込んでしまった。

「仕事を受けるなだと…？」

胸が苦しい。

「語るに落ちる、だ」

それは走ったせいではない。

かといって怒りのせいでもなかった。

もう二度と会うことなどないと思っていた男との最悪の再会。強いて言うならばそのせいだろう。まるで悪夢のように、信じられない再会だ。

だが、あの男を叩いた手だけはいつまでもじんじんと熱く、この状況が現実であることを教えていた。

「最悪だ…」

『BE—B0P』はアメリカで流行った若者向けのブランドで、主にプリントを多用した奇抜なデザインが主流だった。

『BE—B0P』という言葉は、アメリカで流行った自由奔放なジャズを示す。その名の通り、奔放なスタイルが売りで、おそらく私なら金を積まれても着ることはないであろうというものがほとんどだった。

だが、中には奇抜さを斬新ととれるものもあり、洗いをかけたレザーをドレープやギャザーでドレススタイルに作り上げたものなどは、一見の価値があった。

ファッション業界と言っても、服作りのメーカーには様々なスタイルがあり、一つは私のようにある程度の出資者はいるものの、デザイナーが社長というスタイルだ。これはデザイナーが自由を手に入れる代わりに、金銭とも戦わなくてはならないデメリットがある。まあ、ウチは小川という補佐がいるからそういう面で私が苦労することは少ないのだが。

そしてもう一つは『ＢＥ―Ｂ０Ｐ』のように、メーカーとしての会社が先にあり、そこにデザイナーが雇われるもの。こちらは会社の営業方針などにデザイナーが縛られるかわりに、金銭面に関してはその専門職が行うため、彼等はデザインのことだけ考えていればいいという利点がある。

そういう意味でも、『サイクロイド』と『ＢＥ―Ｂ０Ｐ』は正反対のブランドと言っていいだろう。

それだけではない。

彼等が奇抜なアメリカンスタイルであるのに対し、私はベーシックなヨーロピアンスタイル。彼等がメンズ発祥であるのに、私はレディース。『サイクロイド』のデザイナーは私一人だが、『ＢＥ―Ｂ０Ｐ』は斑尾が主任というからにはチームを組んでいるのだろう。

そして、日本というステージにおいては知名度も同等であるように見えるが、本国のアメリカへ戻れば、彼等の知名度は高く、資本も大きい。

とにかく、何もかもが相入れることのできない二つなのだ。

私は社に戻ると、『BE―B0P』と斑尾という男について調べられるだけのことを小川に調べさせた。

その結果がこれだ。

特に、斑尾に関しては意外で、腹の立つ結果が出てしまった。

別荘で、彼が洋書を原書で読んでいたのもこれでうなずける。彼は向こうで育った人間だったのだ。

さらに、彼は本国アメリカにおいてすでに名を馳せたデザイナーだった。

日本人であるがゆえ、『BE―B0P』の日本進出に際しデサイナーとして訪日したが、本来ならば別格扱いの実力を持っているのだ。

彼が着ていたコットンブルゾンも、彼自身のデザインだった。

そして奇抜な『BE―B0P』のデザインの中、私がこれならばと思ったものはほとんどが彼のデザインだった。

今まで、自分の思う通りに仕事をしていて、誰かを意識することなどなかった。

確かに先人に憧れと羨望を抱いたことはある。

けれどそれはあくまでも自分の前を行く者に対しての畏敬の念でしかなく、戦うというものではない。

似たようなブランドを見ても、自分と彼等は違うのだから、比べても仕方がないと思って来た。

けれど今度ばかりは違っていた。

「ずいぶんイラ立ってますね」

小川に言われるまでもないことだ。

自分でもヒステリックになっているのがわかるほど、私は彼等を、いや、彼を意識していた。

「相手とあんまりにも土俵が違うのでね、攻め方を考えていたところだ」

「鈴蔵さんには鈴蔵さんのスタイルがありますから、あまり意識なさらない方が…」

「小川は連中の服は嫌いか？」

彼は穏やかな笑みで、私が散らかした雑誌を片づけながらうなずいた。

「あまり好きとは言えませんね。悪いものだとも思いませんが、ああいうものはもっとチープなブランドが手掛けるべきものだと思います。十代の若者向けでしょう」

「だが、『BE―B0P』の服は我々と同じ年齢層、二十代から三十代がターゲットだ」

「だからわからないんです。社会に出た人間が着る服とは思えませんから」

「かもしれない」

当然のことだが、私は斑尾とのことを小川には伝えなかった。

伝えられなかったと言った方が正確だろう。

話せば怒りの原因として駅での一件も話さなくてはならなくなる。それくらいなら、何も知らせない方がいい。

「一応、鈴蔵さんがいらっしゃらない間に一通り目を通したんですが、彼等はイヴニングドレスの発表数が極端に少なくなっています。それに対してウチはその分野にはキャリアがある。デンマークというのは日本には童話の国として通ってますから」

「アンデルセンか…」

「人魚『姫』です。その線で押してみてはいかがでしょう」

「…悪くはないが、人魚は車に乗らないよ?」

小川はちょっと困ったように首を傾げ、『そこは鈴蔵さんの力で』とボヤいた。

あの男はどんなコンセプトで来るだろうか。

彼をデザイナーとしては意識してこなかったから、まったく思い浮かばない。

思いつくのは、自然の中で鷹揚に振る舞っていた姿だけだ。

彼ならば…、型通りの『綺麗』を打ち出すことはしないだろう。もっとラフで、自由に…。

そこまで考えて私は首を振った。

意識すらしたくない。

とにかく、あの男を思い出したくない。

「すまないが、しばらく留守を任せてもいいかな？」

「よろしいですが、どうなさるんです？」

「一人になってちょっと考えてみる。何かあったら携帯に電話を」

「エルステッドの社長から会食のお誘いが来てますが」

「…それは受けよう」

その席に彼が来ないことを祈りたいが、そういうわけにはいかないのだろうな。

途中、ソーイングルームへ立ち寄り、残していた仕事をいくつか片づけ、私はそのまま会社を後にした。

マンションへ戻ることもできず、かと言ってどこかへ立ち寄る気分にもならず、しばらくうろうろと市中を廻る。

デザインコンセプトを考え早く形にしないといけないのに、どうしても集中心が欠けてしまう。

あの嵐の夜、斑尾がノックする音に気づかなければよかった。

別に車中で一泊させたって死ぬような季節ではなかったのだ。

いや、あんな男、のたれ死んだって何とも思わなかっただろう。どうせ見知らぬ他人だったのだから。

けれど自分はドアを開け、彼を招き入れてしまった。

間抜けなことに、帰せるチャンスがありながらも、滞在を許可したのだ。

ひざまずき、私の手の甲に口づけるという彼のパフォーマンスに負けて。

そのことを思い出すだけでもまた胸がざわついた。

いっときでも、あの男と共にいることを楽しいなどと思った自分が許せなかった。

もう二度と、あの男の罠に嵌まることはないだろう。あれほどの裏切りは今までになかった。

もしも、あの最初の時に彼が自分の身分を明かしてくれていれば、こんな気分にはならなかったはずだ。

たとえ彼がその後争う相手だったとしても、正直に言ってくれれば別に敵視したりなんかしなかったのに。

しばらくは、この感情がおさまることはないだろう。

けれど仕事がある限り、あの男と二度と会わないということもできないのだ。

ハンドルを握り、あてどなく車を走らせていつまでも同じことばかり考える。

持て余す自分の感情を昇華しなければと思いつつ、それができない自分にジレンマを覚えて。

行くあてのない道をいつまでも走りながら。


「お会いできて光栄です」

という挨拶を交わし、互いに遠慮がちに頭を下げ、座席に座る。

瀟洒なフランス料理のレストラン。

丸いテーブルについているのは、私の隣に斑尾、その隣に先日の飯尾部長、丸山さん、そしてエルステッド社の日本本社社長上代《かみしろ》氏の五人だ。つまり私の両隣は最悪の斑尾と、クライアントの社長となる。

丸山さんは今日のためにドレスアップをしていたが、その服はやはり自社製品なのだろう、大柄なプリントをあしらったマニッシュなワンピースだ。

飯尾は上役の前で小さくなっており、社長の上代氏はまだ飯尾より若いように見えるが、態度は悠然として、役職に相応しいように思えた。

そして斑尾。

レザーとギャバを大胆にコンビネーションした黒のスーツに身を包み、憎らしいがそれなりに威風堂々とした出で立ちだ。

「鈴蔵さんはイギリスの血が混じっているそうですね」

何とも微妙な会食。

「実は私もハーフなんですよ。デンマークの血が入ってましてね」

上司と部下、クライアントと業者、ライバルであり嫌悪すべき人間。様々な人間関係が一緒くたにされてこの席上に並べられている。

だが上代社長はそれに気づいていないのか、わかっていても無視すると決めたのか、勝手に話を進めていた

「ですからあちらの名前もあるんですよ、ハンスなんていう」

話すことはない。

話題にも加われない。

こんなことならば小川を連れてくればよかったと後悔した。

料理すら、あまりよく味わうことはできなかった。

「車の操作性についてなんですが、女性にも運転は…？」

「ああ、もちろん。詳しくは言えないですが、操作性はいいですよ。頑丈ですし」

「女性を守るためには頑丈でないと、ということですかしら」

「上手いことをおっしゃる」

丸山女史だけがその空気の中、女性特有の度胸のよさで社長の相手をしている。と思ったのだが、度胸があったのは彼女だけではなかった。

いや、彼の場合は度胸というよりもあつかましさだろう。

「顧客層はどの辺りを狙ってるんです？　見たところ小型車のようでもありますが、サルーンのようでもある」

斑尾は、まるで私とのことなど忘れたかのように、ビジネスライクに口を開いている。

「価格を抑えた若い趣味人向け、といった感じですね。ドイツ車ほどの高級感はないかもしれませんが、日本車よりもぐっとスタイリッシュなものと思っています」

「では、高級感がお望みで？」

「ですね。あまりラフなものでは困ります。スポーツカーや4WDではないですから」

自分も何か質問するべきなのだが、どうしても言葉が出ない。

斑尾が何か言うたび、口の中に苦いものが広がる気がするのだ。

飯尾ですら、相槌をうつという形で会話に参加しているのに、自分はただもくもくと食事を進めるばかり。

「どうですか、鈴蔵さん」

と名指しで問われた時だけ場を壊さぬように同意を示すだけだ。

「そうですね、よろしいと思いますよ」

だが上代社長はその言葉の少なさを、善意解釈してくれたようだ。

「鈴蔵さんは寡黙でいらっしゃる」

穏やかな笑顔を浮かべ、彼は私に微笑みかけた。

飯尾は苦手だが、こちらの紳士とは上手くやれそうだ。

けれど仕事を奪いたい斑尾は、それすらも邪魔をした。

「おっと」

カチン、と音がしてグラスが倒れ、あっと言うまに水がテーブルに広がる。

慌てて席を立ったが、水はズボンの上にパッと零れた。

「これは失礼。すぐに拭かないと」

ナフキンを取った斑尾の手が足へ伸びる。だがそれより先に私は椅子の陰になるように位置を変えた。冗談じゃない、こんな男に触れてたまるか。

「結構です。失礼ですが、ちょっと化粧室で拭いて来ますので」

私を社長から離して、自分が彼との話を進めたいのだろう。それならさっさと席を譲ってやる。

社長達に会釈をすると、私は一人テーブルを離れ、化粧室へ向かった。

零れた水は染みになるほどではなく、備えつけてある小さなハンドタオルで何度か軽く押さえつけると、綺麗に跡もなくなった。

私に仕事を降りろと言ったり、こんな子供のような嫌がらせをしたり、まったく知能の程度がうかがえるというものだ。

もっとも、一緒にいた時の行動も子供っぽくはあったが。

「どうだ?」

突然の声に驚いて振り向くと、戸口のところには斑尾が立っていた。

「何故ここへ」

「濡らしたのは俺だからな、様子を見に来た」

「ワザとやったクセに?」

「ほう、気づいたか」

にやりと笑って、腕が伸びる。

触られるのかと思って身を引くと、腕は壁につき、私を囲うようにした。

「冗談はよせ。社長達が待ってるんだぞ。ここでまた殴られたいか？」

まるでカツアゲをする不良のように、壁の隅に追いやりながら顔を近づけてくる。

「ああ、あれはキツかった。少し腫れたよ」

「同じ顔になりたくなかったら、さっさと離れることだな」

睨みつけはしたのだが、この男に効果はないようだった。

「まあ待てよ。話がしたいんだ」

「私には話すことなどない」

「俺にはあるんだ」

彼は頑なに言い張った。

「聞きたくないな」

「そう言うな。俺はお前のことが好きだと言っただろう？」

「残念だったな、私は嫌いだ」

「ツレないことを」

「当然だろう。それとも、何か言い訳でもしようと言うのか」

「言い訳は…、今はできないな。だがいいか、この仕事…」

彼が何かを言いかけた時、再びドアが開いて、上代社長が顔を覗かせた。

瞬間、実に素早く斑尾の手が離れる。

「どうかね？」

優しげな紳士は心配そうな顔で問いかけた。

それは明らかに私に向けた問いかけであるのに、斑尾はさも自分に向けられた言葉ででもあるかのように私を遮り、社長に笑顔を向ける。

「中までは染みてなかったようです。すぐに戻れますよ」

邪魔をされたからか、その言葉にはどこか冷たい響きがあった。

「そうか、それはよかった」

「どうぞ、先にお戻りください。すぐに参ります」

「いえ、今戻ります。すいませんご心配をおかけして」

せっかくの助けを無視することはない。

私は斑尾を押しのけると社長と共に化粧室を後にした。

「大丈夫かね？」

「ええ、水ですから」

すぐに斑尾も出て来たが、絶対に振り向いてなぞやるものか。

席はすでに片づけられ、何事もなかったかのように食後のコーヒーがセットしてある。

「まあ、大丈夫でした、鈴蔵さん」

丸山さんが席を立って迎えようとしたが、それを笑顔で制して自分の席に戻る。

「大丈夫ですよ」

だが実際の気分は最低だった。

どうしても、この男と同席することにわだかまりがある。

「上代社長がこんなに素敵な方だと知ってたら、私、社販でもっと大人っぽいドレスを買ってきましたのよ」

「いやいや、お嬢さんは充分に美しいですよ。ねえ、鈴蔵くん」

「ええ、本当に」

笑顔で会話を再開させながらも、こんな卑怯な男にだけは負けたくないという思いが湧く。

仕事が欲しいなら実力で来ればいいではないか。それだけの力がお前にはあるのだろう。

少なくとも、それで認められて来たのだろう。

なのにどうして、スパイの真似ごとをしたり、子供じみた嫌がらせをするのだ。

絶対に、こんなヤツとは馴れ合わないぞ。

たとえ何があろうと、二度と彼と二人きりにはなりたくない。

仕事でなければ、二度と同席もごめんだ。今度は酒でも入れながら、もっとフランクに話をしたいものだな」

それが無理だとわかってても、そう思わずにはいられなかった。

「そうですね」

とにかく、私は斑尾が嫌いなのだ。

それだけはもう揺るがない事実だった。

リビングの大きなガラステーブルの上いっぱいにモデルの写真を並べ、サンプルとして用意された布地を並べ、その日は朝からスケッチを描いては捨て、捨てては描き続けた。

『BE―B0P』はきっとまたプリントを多用した派手なものを作って来るだろう。それと、もう一つ気づいたのは彼等のデザインには異種素材のコンビネーションが多いということ。

それらはきっと派手で、人目を惹くものに違いない。

自分のウリはベーシックな気品だ。

けれどそれはともすれば目で負けそうになる。

かと言って派手な色を使えば下卑たものになってしまう。

シンプルで、ハイセンスなイメージがありながらの派手さを見つけ出すのは困難だった。

それにもう一つ自分にとってつらいのはメンズのデザインを手掛けることだった。

今まで、まったくメンズを手掛けたことがないわけではない。だがそれらはフォーマルではなく、大抵はカジュアルなものばかり。

男性のフォーマルで派手さを演出するとなると、今まではデザインボウタイで済ませて来たところがあった。

けれど今回はそれでは済まないだろう。

白いデザインブックにペンを走らせ、女性のシルエットを描く。

その隣に男性を添えてみるが、これと言って着せる服は思い浮かばなかった。

せっかく後を小川に頼み、デザインに専念するため朝からマンションにこもっているというのに、使いものになりそうなデザインは一枚もないのだ。

私はまだ描きかけのそれを破り取り、クシャクシャと丸めるとゴミ箱へ投げ捨てた。

テーブルの隅に置いてある雑誌の山。

ちらりと視線を向けて顔をしかめる。

それは小川が集めて来た斑尾の服の載っているファッション雑誌だった。

描けないのは、それを見たせいでもある。

悔しいことに、彼のデザインはやはりよかった。

男物の服なんて大した変化がつけられるものではないと思っていた自分には、ちょっとした衝撃だった。

最初に見た雑誌は自分と同じようなカジュアル物ばかりが載っていて、それも自分は袖を通したくないような奇抜なデザインが多かったから気にしなかったのだが、今回渡されたものはコレクションのラインナップが掲載されており、そこにはフォーマルも何点か含まれていた。

ワンショルダーのゆったりとしたベストに襟の大きなスーツ、光沢のあるビニール素材を縦にコンビネーションしたスーツ。しかも裾は女性のスカートのように幾重にも重ねられている。

絹で作ったスタンドカラーの上着に飾りとしてつけたファスナー、それに合わせたパンツにもシルバーの飾りを配したもの。

シルエットの美しいスタンダードスーツにびっしりと同色の糸で刺繍を施したジャケッ

ト。

どれもこれも、自分では考えられないものばかりだ。

ムカつくことこの上なし、だ。

どうしてあんな傍若無人な男の頭の中にこんなアイデアが浮かんでくるのだろう。

才能がある者が必ずしも人格者であるわけではないというのはよく聞く言葉だが、まさにそういうことなのか。

夕方近くまで悶々とスケッチを続け、結局一枚もモノにすることができなかった。

空腹を感じ、気分を変えるために部屋を出ようと考えたのはもう日が傾く時刻。

スケッチブックとペンを一本手に、まばらな人の流れに乗る。

人の服、というのをあまり意識して見たことはないが、行き交う人の流れの中、服だけを視線で追ってしまう。

最近のチープベーシックのせいで、無味乾燥な服を着ている者が多く、何とも味気無い。

色も特別なものなどは使わず、何にでも合わせ易いものを着ている者が多い。

そうでなければアンサンブルの中の一つだけに派手なデザイン物を使い、あとは適当というのもいる。

綺麗になるのが嫌いという者はいないだろう。

けれど何故かそれを放棄する者は多く、服や化粧に金をかけるのは特別な人間だと思っている者も多い。

中でも一番気になるのは靴を軽視していることだった。

ヨーロッパで過ごしたことがある自分は、靴までも含めてファッションという考え方があるのだが、どうも日本ではそうではないようだ。

可愛らしい服を着ているのに、靴はローファーやスニーカーという女の子をよく見かけた。

コーディネイトしてそういうアンバランスさを求める者もいるのだろうが、大抵は『そんなにおかしくないから、これでいいや』というのが多いのだ。

そうでなければ靴だけがブランド物で、逆に服とコーディネイトされていないのもいる。

「靴か…」

ふっと、何かが頭に浮かんだ気かした。

そうだ、車もよく『足』と言うではないか。

逆に靴をコンセプトにしてみたらどうだろう。

男性も女性も、ドレスアップした足元に美しい靴。そして『足』に履く『車』という名の靴。

部屋から歩いて十分程度のところにある行きつけのカフェに着いた時、そのアイデアにちょっとばかり気分が晴れたような気がした。

「いらっしゃいませ」

という店員の挨拶を受け、定位置になってる窓辺の席に腰を下ろす。

サンドイッチとアイスコーヒーをオーダーすると、早速スケッチブックを開いてペンを走らせた。

女性のドレスは足の付け根までパックリと割れたスリットを入れる。

その足元には車のデザインと色に合わせた靴。

男性の足元も似たデザインの靴を合わせ、二人が一歩踏み出すと、二つの靴と車が重なって見えるようにする。

これはいいかもしれない。

問題は靴の発注と、男性のパンツだ。

フォーマルスーツの足元で、靴のデザインがハッキリ見えるパンツなんて聞いたこともない。

スリットを入れるのもおかしいし、裾を引っ張ってわざわざ見せるのもおかしいだろう。

指先でペンを回し、その辺をもう一度詰めてみないといけないなと考えていた時、目の前の席に人の気配があった。

「コーヒー」

聞き覚えのある声に顔を上げる。

「お前……！」

「行きつけの店だって聞いて、張ってた甲斐があったよ」

Tシャツの上に透ける素材で作ったピンストライプのロングジャケットを羽織ったモデル張りの男の姿。

「何でお前がここに！」

そこに座ったのは、一番会いたくない男、斑尾だった。

「大きな声を出すと人目を惹くぞ」

なんていけしゃあしゃあと。

「どうしてお前がこんなところにいるんだ」

だがその通りではあるから声をひそめてもう一度聞く。

「今言っただろう。お前を待ってたんだ。知り合いからお前がこの店によく姿を現すと聞いたから、一昨日から張ってた」

「張る…って、どうして」

「お前に会いたいからに決まってるだろう」

長い指を胸元で軽く組み、ふてぶてしくもにっこりと笑う。

「…会ってどうする。また仕事を降りろとでも言うつもりか」

「そうだ」

バカを言うな、と声をあげそうになったが、ちょうど自分がオーダーしたアイスコーヒーが運ばれて来たので言葉を詰まらせる。

サンドイッチも一緒に並べられたが、この男の前で食事をする気にはなれず、手をつけなかった。

「食えよ、気にしないで」

と言われてもそんな気になるものか。

「食わないのか？」

「そんなことはどうでもいい。とにかく、同席を許した覚えはないのだから席を移ってくれ」

「そんなにカリカリするな」

「カリカリなどしていない」

「じゃ、俺が食ってもいいか？」

あつかましい男は手を伸ばすと、返事を待たず小さくカットされたサンドイッチをつまみ上げ口へほうり込んだ。

「それを食べたら出て行けよ」

「まあ、落ち着けって。それより、鈴蔵には補佐とかマネージャーみたいなもんはいないのか？」

「お前には関係ないだろう」

「いないのか」

「…いる」

「どうして仕事の席に連れて来ない？」

「そんなのは私の勝手だろう」

「一人じゃ危ないだろう」

「危ない？　何が。仕事の話をするのにどんな危険があると言うんだ」

彼は人をバカにするように小さなタメ息をついた。

「お前は…、この仕事についてどれだけのことを知ってる？」

「何のことだ」

「つまり、エルステッド社についてどこまで調べたかってことだ」

何が言いたいんだ、この男は。

「別に、お前と同じ程度だろう。デンマークの車のメーカーで、日本進出を計画してる」

「それから？」

「それからって…、他に何が必要だ。資本金か？　扱ってる車種か？」

真面目に答える必要などないと思っているのだが、店の人間が見ている以上事を荒立てるようなことはできない。

ここはよく来る店で、店員も自分の顔は知っているし、何者かも知っているのだ。

「会社の役員のことは？」

「会社の役員？」

「たとえば…、あの飯尾がどんな人間かとか」

「別に、デザインの仕事にそんなことは関係ないだろう。彼がどんな人間でも、仕事がきちんとこなせているのなら問題はない」

呆れた男だ。

確かに飯尾はあまり好ましい人物とは言い難いが、だからどうだというのだ。そういう個人の嗜好と仕事は別物だろう。

だが、彼はまたタメ息をつき、ポケットからタバコを取り出した。

「タバコはやめてくれ。食事が不味くなる」

「灰皿がテーブルに置いてあるんだから禁煙席じゃなかろう？　それに、鈴蔵は食事をしてないじゃないか」

「…コーヒーが不味くなる」

私の言葉を鼻先であしらい、斑尾はタバコを咥えると火を点けた。

かろうじて煙をこちらへ吐くような真似はせず、顔を横へ向けて吹いたが、匂いはこちらへ漂って来た。

「鈴蔵のところにはそういうスタッフがいないんだな」

「そういうスタッフ？」

「取引先をリサーチするという人間だ」

「リサーチはした。エルステッドの本国でのコマーシャルはすべて手に入れたし、会社の経営状態も調べてある。お前に文句をつけられるようなことはない」

「鈴蔵はお坊ちゃまだからな」

「何だと？」

「世の中の汚いことを知らずにいる、綺麗なお姫様だってことだ」

もしも、ここにいるのが自分達だけだったら、確実にその一言で彼の頬はまた腫れることになっていただろう。

「その呼び方は止せ」

「お前のデザインと一緒だ」

「バカにしてるのか？」

「バカになんかしてないさ、それが美徳であると認めてはいる。ベーシックな中に自分のスタイルがあるデザインは俺のとは違うが、一つの完成品だ。今年のコレクションで発表したボリュームのあるプリーツスカートのテニスワンピースはよかった」

彼を認めてしまった後だけに悪い気はしなかったが、私はそれを突っぱねた。

「別にお前に褒められても嬉しくはない」

「だがあれで実際にテニスはできないだろう？　あれと一緒だ。美しいが機能的ではない。現実的じゃないんだ」

「愚弄するのか」

「愚弄じゃない。使用時期の感想だ。お前は綺麗だが、世の中は汚い。そういうことだ」

「お前のように、か？」

彼の頼んだコーヒーが運ばれ、テーブルに並ぶ。

けれど彼はコーヒーには手をつけず、タバコを吸い続けた。

「鈴蔵。この仕事、手を引け」

「冗談だろう」

「本気だ。この仕事でなくとも、お前ならこれからいくらでも上に上がれるだろう」

「だからお前に譲れと？」

「そういうつもりじゃない」

彼の言葉は苛立ったように聞こえる。だがそれはこちらとて同じことだ。

「ウチとお前のところで争っているんだ。私が降りればお前のところに仕事がゆくのは当然だろう。考えてないとは言わせないぞ」

「それはまあ…、そうかもな」

何が『そうかもな』だ。

それが狙い以外のなにものだと言うのだ。

「お前がもっと嫌なヤツだったらな、放っとくんだが」

何が嫌なヤツだ。

「じゃあ放っておげはいいだろう」

「鈴蔵」

「呼び捨てにするな」

彼は身体を乗り出した。

「頼むから、手を引くんだ。さもなければ、誰かを連れて来い」

「聞く耳は持てないな。悪いが、これ以上同席するつもりがあるなら、私はこれで失礼する」

「鈴蔵」

もう一度、彼は私の名を呼んだ。

だがもうこれ以上話し合う気にはなれない。

勝手な言い草を口にする斑尾の言葉を聞いていると腹が立つばかりだ。

「失礼する」

奢られる気もないから、テーブルの上の伝票を取り、席を離れようとした。食事など、どこかで買えばいい。さもなければ戻って車で出掛け直せばいいと思って。

しかし、彼はテーブルに伸ばした私の手に素早く手を重ね、強く握った。

「離せ」

驚きと共に身体が固まる。

声を上げたいが、他人の視線が気になって怒鳴ることができない。

「お前はまるで猫のようだ。ヘッドライトの前に立つと、驚きで次の行動が取れず結局は車に轢かれる。俺はそれが心配なんだ」

強く握られる手は熱く、言葉は真剣な響きがあった。

けれど、それがどんなふうに聞こえようと、この男自身がもう信用できないのだ。

「とにかく、一人で行動するな。それだけは耳に入れろ」

「理由は」

「言えない。そうだな…お前が一人でいると、俺がチャンスと思ってお前を襲うからと思ってくれてもいい」

「手を離せ。さもなければコーヒーをかけるぞ」

「いいな、俺は本気だぞ」

言葉とは裏腹に、斑尾は意外にあっさりと手を離した。

その隙に私は伝票を取って立ち上がった。

「もうお前の言葉は信用はできない」

それだけキッパリ言うと、さっと席を離れた。

斑尾は追っては来ず、そのまま支払いを済ませ一人で店の外へ飛び出す。

あの男に奢ってやることになるのは嫌だったが、ここでコーヒー一杯をケチってまためる気にもなれなかった。

足早に自分のマンションへ戻りながら、彼のことを忘れようと意識を仕事の方に向ける

努力を始める。

何を言われても、もう遅い。

もし最初の出会いからやり直し、最初から正直に何もかも話してくれていたら結果は多少違っていたかもしれないが、嘘をつかれたという思いは消えることはないのだ。

いや、やり直されたとしても、きっとあの男と相容れることなどないだろう。

あんな大嘘つきとは…。

それでも、多少は言葉に引っかかるところはあったから、一応飯尾について簡単な身元調査はしてみた。

別に斑尾を信用したわけではない。

単に、何となく、だ。

だが結果はやはりこれというほどのものはなかった。日本の大手自動車メーカーからのヘッドハンティングであること、存外優秀な仕事人間であること、高校生の娘と妻がいることなど、いったいどうして知らなければならないのかと首を傾げるくらいだ。

「他にはなかったんだろう？　その…、何か注意しなければならないようなことは」

問いかけると、小川も同じように首を傾げた。

「注意ですか？　さあ…、別に犯罪歴があるというわけでもありませんしね」

と苦笑する。

やはり彼の言葉なぞ聞き入れるべきではなかった。

そんなことよりも、仕事はエルステッドだけではない。

するべきことは多いのだ。

バイヤーとの交渉や、プレタポルテ用のデザインを描き下ろしたり、パタンナーとの話し合いをしたりと忙しい。

コンペだけにかかるというわけにはいかず、毎日社の方に顔を出し、仕事を続けた。

ただ、コンセプトを靴でゆくというラインを進めることには決めたので、近くのシューズショップや、大手デパートの靴売り場、それに各ブランドの靴などをチェックするようには心がけていた。

まさかそのことがあんな結果に結びつくとは…。

そしてやはり、あの男が信用のおけない、最低の男だという証明が得られるとは、思ってもいなかった。

会社の帰り。

まだ、サラリーマン達が退社するには早い時間。

ここのところの日課になりつつある靴屋巡りをするために銀座に出た時のことだ。

大手のデパートでゆっくりと売り場に目を走らせながら歩いていると、突然けたたましい女性客の笑い声が聞こえた。

ふと見ると、数人の若く美しい女性が、連れの中の一人の靴を選んでいる。

何げなく女性達がどんな靴を選ぶのか見てみようという気持ちになり、そちらに歩を進めた。

「ミカちゃん足首太いんだから、そっちの足首にストラップがある方がいいって」

「でも、色が好きじゃないんだもん」

「どうせお店じゃ照明暗いんだからいいじゃない」

漏れて来る会話からして、夜の女なのだろうか。

派手な服は上品そうではあるが、どこか普通のＯＬが着るものには見えない。

「じゃ、こっちは?」

そう言って中の一人が振り向いた時、私は驚きに足を止めた。

ボブに切り揃えた髪、真っ赤なＶ字のシャツの上に襟刳りを大きく開けたスーツカラーの上着を羽織った顔立ちのハッキリとした女性。

　それは、斑尾が連れ歩いていた『ＢＥ－ＢＯＰ』の丸山さんだった。

　思わず近くの棚に身を隠し、再び彼女達の会話に、今度は注意して聞き入る。

「これ、ヒール太くない？」

「でもミカちゃん好きな色でしょ？」

「そうだけど…。お姉さんが履いてるみたいのがいいわ」

　靴を選んでもらっている女性は丸山さんを『お姉さん』と呼んだ。

　そういう呼び方は店の先輩に対してするものではないのか？

　彼女は『ＢＥ－ＢＯＰ』のパタンナーではなかったのか？

「コレ？　ずいぶん古いのよ。気に入ってるからずっと履いてるけど」

「例の彼氏に新しいの買ってもらったら？」

「いやあねぇ、彼氏じゃないって」

「姉さんの彼氏って、この間のカッコイイ人でしょ。デザイナーさんか何かだっけ」

　その『彼氏』が誰をさすのか、すぐにわかった。

　斑尾だ。

「この間のワンピも、あの人がくれたんでしょ？　いいわよねぇ、私もそういう彼氏欲しい。そしたらお店辞めてすぐに結婚しちゃうのに」

「何言ってんの」

けらけらと笑いながら、彼女は自身が『お店』で働くことを否定もしなかった。

どう聞いてもファッション関係に勤める女性が知人の靴選びにつき合っているというより、店の後輩の買い物につき合っているようにしか聞こえない会話。

それはいったいどういうことなのだ。

私は棚の陰から一歩進み出ると、まだ楽しげな声をあげている女性陣へ近づいた。

「…丸山さん？」

声をかけられ、彼女が振り向く。

私を見た瞬間、浮かんでいた笑顔はさっと消えた。

「鈴蔵さん…」

人違いではなかった。

彼女はあの『丸山さん』なのだ。

「あら、すごいハンサム。姉さんのお客様？」

「ちょっと黙ってて」

怒ったように、声をかけてきた女性を制し、彼女は自分の方から私に歩み寄った。

「気がついちゃいました？」

したたかな笑顔。

まるで開き直ったような表情だ。

「失礼でなければ、水商売のお仕事をなさっているかのように聞こえたが」

「『なさってる』ね。ええ、そうよ。本職はそっちなの」

「だが…」

「いろいろと、ね。もしお知りになりたいなら、私と同伴してくださらない？」

「同伴？」

「お店へいらしてってこと。お客になってくれるなら、話してもいいわよ。でもそうじゃないなら、今日のことは忘れてもらえると嬉しいんですけど」

困惑した。

『話しても』ということは何か『話すこと』があるということだ。

本職は、ということは『ＢＥ―ＢＯＰ』の仕事がアルバイトであるとでもいうような言い方ではないか。

何故だか、私はその疑問を捨てておくことができなかった。

別に自分の会社の人間ではない。彼女がどんなアルバイトをしようと、いや、どちらがアルバイトでも構わないはずだ。

なのに、その『話』を聞きたかった。

ブランドのパタンナーがどうして水商売を兼業できるのか。

どうしてあの男がそういう女性を大事な取引先との交渉現場へ連れて来たのか。

「わかりました。ではあなたのお店に行きましょう。聞かせていただけるなら、ぜひお話をさせてください」

彼女は一瞬驚いた顔を見せたが、すぐに漫然たる笑みを浮かべてこう言った。

「まあ、嬉しいわ」

確かに、客商売の女性である陽気さと嘘っぽさを見せて。


店の始まる時間まで少しあるからと、連れだっていた女性達全員に食事を奢らされた後、連れて行かれたのはかなり高級なクラブだった。

入り口には抱え切れぬほど豪華に飾られた花、広いフロアはチーク材に彫りを加えた重厚な壁がとりまき、天井からは厭味ではない豪華さのシャンデリアが下がる。

黒服の男が慇懃に迎え、案内したテーブルは白い大理石で、クッションのよいソファは淡い花を織ったクリーム色と金。

まず間違いなく、この辺りでも上質な店であろうということはすぐにわかった。

支度をしてくるからとしばらく待たされた後、長いパールのネックレスが似合うグレタ・ガルボのようなアールデコの黒いドレスに包まれて出て来た彼女も、この店に見合う上質の女性だった。

「お待たせしました」

にっこりと笑った彼女の表情にはもう驚きも何もない。

ドレスという戦闘服に着替え、根性が座ったといった感じだ。

「何、お飲みになる？」

言葉遣いも、以前会った時とは微妙に異なる響きを持っていた。この店に相応しい、少し媚びるような甘い響きだ。

「何でも、あまり濃くないものがいいな。話がしたいから」

「懐に余裕はおありなの？」

「月並み程度には」

「ブランデーでよろしい？　それならヘネシーにするけど」

「ではそれで」

彼女が手を上げてボーイを呼び、何かを耳打ちする。

銀のトレイに乗せられたセットはすぐにテーブルに据えられ、赤いマニキュアを塗った白い指が手早く水割りを作る。

彼女は同時に自分の分も作ると、軽くグラスを合わせ乾杯の真似事をした。

「丸山さん、と呼んでいいのかな？」

薄く作ってくれた水割りで唇を濡らし問いかけると、彼女は照れくさそうに笑った。

「偽名じゃないけど、ここではミズホと呼んでちょうだい」

「ではミズホさん」

「『さん』はいいわよ」

「親しい間柄というわけではないからね、呼び捨てにはできないよ」

「ご丁寧な人ね」

彼女はまた軽やかな声で笑った。嫌な感じではない。

「それで、何故『ＢＥ－ＢＯＰ』のパタンナーがここで働いているのか、その理由を教えてくれるかい？」

「いいけど、それは正確な質問じゃないわ」

「と言うと？」

「私、『パタンナー』って何だか知らないんだもの」

「え…？」

「斑尾さんに頼まれて、彼について回ってただけ。仕事の内容くらいは聞いてるけど、あんな一流ブランドに勤めたことなんかないわ」

予測はしていた。

何となく気づいてはいた。

あれほどのブランドで働く人間が、他にアルバイトなどできるはずはないから。

だが直接彼女の口からそれを聞くと、やはり驚きは隠せなかった。

「では何故…？」

「私の仕事はね、接待よ」

「接待って…」

彼女は手にしていたグラスを半分ほど空けると、またにっこりと笑った。

「まだお仕事の最中だから、詳しい話はできないけど、斑尾さんに依頼されたのよ。ちょっと私の腕を見込んで頼みたいことがあるって。斑尾さんはここのお客で、よくしてもらってるの。だから断れずに、彼の補佐の役を演じてるのよ。お店もこっちの仕事に支障をきたさない程度ならサービスの一環として認めてくれてるし」

「だが知識はないんだろう？」

「ええ。女としてファッションに興味はあるからまったくってわけじゃないけど、専門的なことは何にも知らないわ。ね、パタンナーって何？」

ちょっと近づくように身体を揺らすと、深く開いた胸元から白い肌が見える。

だが今はその魅惑的な姿態も目に入らなかった。

「…デザイナーの描いたデザイン画を元に、パターンと呼ばれる服の型紙を起こすことだよ。言わば、服の設計図を引く仕事だ」

「へぇ…、そうなんだ」

「失礼だが、知識のない君を雇って彼はいったい何をさせようとしていたんだ？　補佐と言っても何の役にも立たないだろう」

「そうね、交渉とかデザインの仕事にはね。でも私が引き受けたのは、この道のプロとしての仕事だから」

彼女の悪戯っぽい表情に私はハッとした。

「まさか、君が言う接待というのは…」

言葉を最後まで綴る必要はなかった。

グラスを掲げるように持ち上げ、彼女が後を引き取ったから。

「そう、あの会社の社長さんに『乗って』いただくことなの」

こともなげに言うが、それはずいぶんなセリフではないか。

彼女は『気に入られる』とか『つき合う』という言葉は使わなかった。かなり直接的な『乗る』という言葉を使った。

つまり、肉体関係を以てして、仕事を取るための道具として、斑尾は彼女を雇ったということなのか。

人に仕事を降りろと言い、こんな小細工を弄してまであの仕事が欲しいのか。

女性の身体を使って仕事を手に入れようなどと。

最低な男。

本当に、人間として最低な男だ。

「でもお願い、私が喋ったことは斑尾さんには言わないでね。私、まだ彼の仕事の最中だから」

彼女は懇願するように手を合わせ、艶っぽい視線を送って来た。

「だが君はそれでいいのか」

「うーん、まあね。仕事で着る服は彼がくれるし、お金は別だし」

「だが、自分の身体は…」

「大丈夫よ、私逃げるのは上手いんだから。それに、あの社長は嫌いだから」

嫌いだから？

嫌いだから仕事と割り切れるというのか？

「ね、お願い、鈴蔵さん。見逃しといて。これは私とあなただけのヒミツってことで」

「…私が口を挟む内容じゃないのはわかるし、君がそれを仕事として受けているならとやかく言うべきではないだろう。だがあの男は別だ」

「あの男って、斑尾さんのこと？」

「こんな真似をするなんて」

「あら、彼はいい人よ」

後輩の女の子が斑尾を彼女の『彼氏』と呼んだことが思い出された。

つまり、恋人のためになら身を呈してもいいという考えなのか。

何故か、その考え方に胸がチリッと焼けた。

「鈴蔵さんも、よかったらこれからご贔屓にしてくださいな」

彼女の笑みに、物悲しさを感じるとともに、何か別の感情が走る。

「有名ブランドのデザイナーが二人も顧客だなんて、私も鼻が高くなるもの」

何とも釈然としないわだかまりが、いくつも胸の中に渦巻いた。

怒りと、蔑みと、何かもっと別のものと…。

その複雑な気持ちを言い表す言葉は思いつかなかった。

「フルーツとってもいいかしら？」

彼女の声に曖昧なうなずきを返し、手にしていたグラスをあおる。

あの男の正体を見た思いだ。

後はもう聞くことなどはなかった。

彼女に失礼のない程度の時間を過ごすと、早々にその店を後にした。

もう二度と来ることもないだろうな店を、振り返ることもせずに。


「エルステッド社の上代社長からお電話がありました」

翌日、遅く会社に顔を出すと、小川が言った。

「何だって？」

「これからは個別に面会したいと言って来ました。それぞれ相手側に秘密にしたいこともあるだろうからと」

カレンダーに目をやると、コンペを行うまであと二週間程度になっている。

ドレスの方はいくつか候補を出し、すでに縫製に入っているが、問題の靴と男性の方はまだ完成していない。

「それで、よろしければお食事をということなのですが。いかがお返事しましょうか」

「食事？」

「必要ですよ？」

「…接待か」

どうも丸山さんのことが頭に残り、当たり前のことだと思うのだが二の足を踏んでしまう。

別にこちらが女性を用意しているわけでもないし、男である自分が接待というのもないのだが。

「小川、お前は時間あるか？」

「私ですか？」

「一緒に来てほしいんだが」

「それは構いませんが、同行してもあまり役に立つとは思いませんよ」

「構わない。だが、どうも一人で行くのが嫌なんだ」

個別に会うというところにどこか秘密めいた響きがあって嫌だった。

まるで、こちらも彼に媚びているかのようで。

一対一ということはないだろうが、どうしても日本的な料亭接待を思い浮かべてしまう。

事務方の小川を連れて行くことで、そのイメージを頭の中から払拭させたかった。

「では、明日でしたら時間を空けます。よろしいですか?」

「ああ、そうしてくれ。時間と場所が決まったらまた連絡を」

「はい」

気持ちが重い。

何もかもがスッキリとせず、嫌な感じだ。

後は彼に任せてサンプルチェックに向かいながら、軽い疲労を感じる。

今まで、自分のやり方をどうこう考えたこともなければ自分と競合する人間のことを考えたこともなかった。

順調に行き過ぎたということもあるだろう。

後ろ盾になってくれていたマダムがそれなりに名の通った人だったので、金銭的ではなく事務的な面でずいぶん事がスムースに運んだのは否めないだろう。

つまり、彼女が後ろにいるならという信用を勝ち得、いらない敵を作る必要もなかった。彼女の教えに基づいて事を進めていたせいで、今回のような仕事の奪い合いということもなかった。

コンペに出るのが初めてという意味ではない。

ああいう汚い手法を使って争う相手と同席したことがないという意味だ。

そのせいだろう、こんなに気持ちが重いのは。

そのせいに違いない、釈然としないのは。

単に争って負けるのとは違う。

それがこんなに嫌な気持ちにさせるのだ。

あの、忘れたい男を忘れさせないのだ。

翌日、小川のセッティングした上代社長との会食の席でも、その気分は変わらなかった。

相手もいつもの飯尾を連れて来ていたから、これは別に秘密性などない。相手も下心を要求しているつもりの席ではないとわかりほっとはしたが、この仕事自体が何だかとても重く、魅力のないもののように思えてしまった。

取れれば、将来への展望が変わる。

自分の名を広く知らしめることができる。

そうわかっているのに、また無口になってしまう。

上代社長には申し訳ないと思うのだが、会話を楽しむことすらできなかった。

紳士な彼は相変わらず善意解釈をしてくれたし、小川もフォローを入れてくれたが、どうにもならなかった。

「鈴蔵くんは、まるで童話の王子様のようだな」

「そんなことはありませんよ」

「いや、口数が少なく礼儀正しく、個人的にも好感の持てる人物だと思うよ」

「…ありがとうございます」

「もっとも、仕事と個人的な感想は別ものだがね」

そう言われる方がよほどいい。

この人ならば、斑尾のくだらない策略には引っ掛かったりしないだろう。

飯尾ならばわからないが…。

こちらのデザインが出ていない以上、話し合うことがこれといってあるわけではない。

社長は少しだけでもコンセプトを伺いたいと言ったが、靴も見つからず、男性の服もでき上がっていない以上口にする気にもなれず、曖昧にごまかした。

それがまた彼の気に入ったらしく、社長はしきりに『情報を漏らさないというのはさすがだね』と繰り返した。

仕事としての会食を終え、レストランを出、疲れたからと小川を会社へ戻し、私はそのままマンションへ戻ることにした。

直営店へ渡すディスプレイ用の服のチェックと、一本入ってるオートクチュールのパーティドレスのデザインをしなければならない。

チェックは明日一番にやるとしても、デザインのラフくらいは今日中に出しておかないと時間的にまずいだろう。

こんな精神状態のままではいいものが出るとは思えなかったが、どんな時でもボーダーを越えるものを出さなくてはプロとは言えない。

個人の感情に左右されて仕事をおろそかにすることはできないだろう。

今回のことにしても同じだ。

気分だけではもう放り出してもいいと思ったが、会社としてはそんなわけにはいかないのだ。

マンションの地下駐車場に車を入れ、カギをかける。

あとはエレベーターで自分の部屋へ戻り、少しだけ仮眠をとったらデザインを始めよう。

そして明日は朝から会社に出て…。

そこまで考えてエレベーターホールに向かっていた時、突然誰かが腕を引いた。

「…またお前か！」

人影のない地下駐車場、今度は声を殺す必要もなかった。

「今度は私の帰りでも張っていたというのか？」

「ご明察」

斑尾は言いながら私をもっと近くに引き寄せようと腕を引いた。

だが今日は遠慮することはない。

空いた手で彼の頬を叩く。

しかしその手は空を切った。

「その様子だと何もなかったみたいだな。無事でよかった」

何が『無事』だ。

「何のことだ」

思わせ振りな嘘を重ねるのがこの男の手ではないか。

「いや、別に。こっちの話だ。今日、上代社長と会ったそうだな」

「どうしてそれを…」

「簡単だ、エルステッドの秘書に聞いた」

「そんなところにまで手を回しているのか」

「別に手なんか回さなくたって、公式な予定くらいは答えてもらえるさ」

個別に会ったのが気になるのか。

自分達だっていずれはそういう機会を得ることもあるだろうに。

「残念だが、お前が知りたがってるようなことは何もなかったし、ウチはお前達のようなことはしない」

「俺らのようなこと？」

「女性を使って仕事を取るようなことだ」

彼は明らかに驚いた顔をして見せた。

やはり彼女の言葉は真実だったのか。

疑っていたわけではないが、彼がそれを認める顔をしたのはやはりショックではあった。

「誰に聞いた？」

彼女との約束のために、情報の出所だけは口を噤み、嘘を吐く。

「そんなもの、誰に聞かなくたってわかる。彼女はＯＬという雰囲気ではないからな」

「なるほど、さすがに女性相手の仕事をしてるだけあって、女性を見る目だけはあるようだな」

軽く吹く口笛。

まるでそこらの不良のような態度。

「最低な男だな、お前は」

そのいい加減な態度にまた腹が立つ。

「どうして？」

「そんなやり方で仕事を取って、嬉しいのか？　自分の腕に自信はないのか、デザイナーとしてのプライドも」

彼は『ああ』という顔をしてからにやりと笑った。

「お姫様にはわかるまい、騎士のつらさは」

「誰が騎士だ」

「俺だよ」

「お前が？」

私はもう一度彼に向けて手を振り下ろした。

今度は手応えがあったが、それは彼の頬ではなく、せき止める彼の腕に当たった感触だった。

「危ないな、当たったらどうする」

「当てようと思ってるんだ」

「俺を殴ったってしょうがないだろう。何がそんなに気に入らない。女性を使う仕事取りなんて、珍しいことじゃないだろう」

「珍しいことじゃない…?」

本当に、本当に腹が立つ。

なんで私はこんな男を…。

「珍しくないことだろうが、他の連中がやっていようが、許せないことは許せないんだ。お前のような人間といっときでも一緒に過ごしていたのかと思うと…!」

私の言葉を聞いて、彼は反省したり恐縮するどころか、呆れたという顔をした。

「本当に、お前は純粋培養だな…」

「何だと!」

「だから可愛いんだが、それが心配のタネでもある」

「お前に心配される筋合いはない。とにかくさっさとその手を離せ、人を呼ぶぞ」

「こんなところ、声をあげたって誰も来やしないだろう?」

「監視カメラがある」

「あそこだろ」

彼はこともなげに天井の一角を指さした。

「ここは死角になってて映らないよ」

計算ずくでの凶行ということか。

「お前は…、いったい何がしたいんだ。そんなにこの仕事が欲しいのか。私に攻撃を仕掛けるのが楽しいのか！」

「違う」

彼は口元に浮かんでいた笑いを消した。

時々…、彼はこんな顔をする。

ひどく真面目で、真剣で、まるで正しいことを行う者のような表情を見せる。

だから、出会った時、彼を憎むことができなかった。彼のことを詳しく知りもしないうちに、残りたいという願いを、聞き入れてしまった。

だが今はもう彼の本性を知っているから、そんな顔一つで騙されはしない。

この男は、最低の男なのだ。

その証拠はいくつも見て来たのだ。

「前にも言っただろう。鈴蔵が嫌なヤツだったらこんな真似はしなかった。だが俺はお前を好きになった。だから放ってはおけないんだ」

「放っておけないから、悪巧みをいちいち教えてくださるというのか？　冗談じゃない。それくらいなら、何も知らせず、何も教えず、自分の汚さを自分だけで堪能していればよかったんだ」

「知らない方が幸せだったってヤツか？　どこまでもお姫様でいたいわけだ」

「何だと！」

「それでもいい。何も知らないままでいい。どうとでも考えればいい。だが俺はお前が気に入っちまった。後になればきっとわかるだろう。俺がお前を好きだって気持ちが」

「そんなもの」

「だから今はこれでいいさ。だがな、あの男にだけは気をつけてくれ」

「あの男？」

「上代だ」

「社長がどうした」

「少しは聞く耳が残っててくれるか？」

その言葉にハッとして顔を背ける。

「聞く必要はない」

だが声は低くなり、真剣な響きを持って耳に届いた。

「あの男とは二人で会うなよ」

身体が震えるような、聞いたことのない声。

「私が取引先と仲良くなられちゃ困るというわけか」

強がって答えても、何故か胸苦しくなる。

「まあそうだ。もしそんなことしようもんなら、タダじゃおかないからな」

「脅すのか」

「そうだ。こいつは脅しだ。上代と二人きりで会ったら、俺がお前を犯してやる」

「…は？」

何を言ってるのかと思った瞬間、斑尾は気を抜いていた私の腕を引き、まんまとその胸に抱き寄せた。そして前の時とは違う、恋人のように深い口づけを贈って来た。

口腔に差し込まれる舌。

背を折るようにのしかかる身体。

「ん…」

抗おうとしても力が入らない。

キスは初めてではなかった。だが、こんなふうに奪われるような、貪られるようなキスは初めてだった。

ようやく彼が身体を離した時には、不覚にも膝に力が入らず、取られた腕を残し、壁にもたれかかってしまった。

「腰に来たか?」

にやりと笑う顔。

怒りと羞恥で顔が赤くなり、唇を噛みしめる。

「俺に抱かれたくなかったら、言うことを聞けよ」

勝手なことを言うだけ言って、彼はゆっくりと私を壁の方へもたれかからせながら手を離した。

「忘れるなよ」

ひどい男だ。

どうしていつもこんな真似を。

ゆっくりと去る背中に、ありったけの罵声を浴びせてやりたかった。

二度と私の目の前に姿を現すなと言ってやりたかった。

もう二度と、私の心の平静をかき乱すなと。

だが声は出ず、あの駅の時と同じように、私は遠ざかる彼の足音を聞いていることしかできなかった。

複雑な、名状し難い気持ちのまま…。


最初は、何という無礼な男だと思っていた。

けれど一緒に過ごすうちに、それだけではないと思うようになった。

私に対する態度が悪かったのは誤解だったと簡単に頭を下げ、彼が知ることのなかった私を知りたいからそばにいたいと言った言葉を真実だと思ってしまった。

正直を言えば、彼とともに過ごした日々は今も楽しかったものだと思っている。

遊びに出たことも、夜交わした会話も、他の人間とは違うもので、彼が仕事で戻ると言い出さなければ休暇の最後まで一緒に過ごしてもいいとさえ思っていた。

だからこそ、彼に対する怒りが深いのだということも、今ではわかっていた。

彼に、好意を抱いたからこその怒りなのだと。

信じて、安心していた相手から突然受けたキス。

戻ってから明かされた正体。

嘘はついてはいなかった。彼は一度も自分をライバル社のデザイナーだと言わなかっただけで、他の何者だと詐称したわけではない。

だが、黙っていたからいいというわけではない。

そんな大事なことを黙っているほど、自分は彼に信用されていなかった。正体を明かさずにはおれないほど心を許してくれていたわけではないという事実。

そして仕事を取るために自分にする嫌がらせや、女性を使った汚い手口を知ると、そのショックはさらに大きくなった。

自分が見ていた彼の姿は、真実の姿ではなかったのだ。

自分の知っている斑尾という男ならば、あんなことをするはずがない。

けれど今彼はそれを現実に行っており、その証拠もあるし証人もいる。

つまり、自分は彼を見誤っていた。

人を見る目はある方だが、あいつはその上を行ったのだ。

あんなにも、『好き』だの何だのと言いながら、彼は平気な顔で私を欺いていた。

悪人なら最初から悪人でいてくれればいいのに。

そのことが、怒りの原因なのだ。

彼に唇を奪われ、ずるずると部屋まで重い身体を引きずって戻り、ベッドに倒れ臥すように横になって考えたのはそんなことだった。

真っ暗にした部屋。

さらなる暗闇を求めるように閉じる瞼。

たった今別れたばかりの男が思い浮かぶから、また腹立たしくなる。

この気持ちを、『怒り』という形でしか表すことはできないだろう。

それがどんな気持ちであっても、一度は自分は彼という男を好きになっていた。友情以上の親しささえ感じていたかもしれない。

だからこんなにも苦しいのだ。

なのにまた彼は自分を踏みつけにして行った。

何もしなければいいのに、もう一度目の前に現れて、仕事のために私と社長が会わないようにと言い、脅しの道具としてキスをした。

よもやまさか、思い違いや聞き違いでは、と思っていた丸山さんのことも、あっさりと肯定した上にそれが当たり前のことだと言い切った。

何も知らない方が幸せだった。

彼が実際こんな人間でも、再会しなければ、知らなければまだ好きでいられたのに。

よい思い出として残しておけたのに。

卑怯な方法だったとしても、それが望みだった。

好きにならなければ、嫌いにもならなかった。

いや、反対にあの別荘での時間がなく、単に突然現れた競争相手だったら、陰でやっているることを知らせずに勝手に動いていてくれたら、こんなに心を重くすることもなかった。

だから彼が憎い。

こんな気持ちにさせる男が憎い。

彼が嫌い。

彼が許せない。

感触の残る唇を噛みしめ、舌を呑んだ口腔を持て余しながら、私は目を閉じた。

何もかも投げ出して、もう一度あの時からやり直せたら、二度と彼のためにあの山荘のドアを開けたりしない。

彼にこれっぽっちも気を許したりしないのに、と。

苦い後悔に包まれながら。


そんな調子で仕事が順調にはかどるはずもなく、翌日は会社へ顔を出すこともできずに一日部屋で横になったままだった。

まだ決まっていない男性のスーツのラフを描きながら、鬱々とした時間を過ごした。

カッコイイ男性。女性をリードし、車を駆る男を描こうとすると、何故か斑尾の真剣な横顔が浮かんでしまい、何度も描きかけのスケッチを破り捨てた。

彼ならば、あの野性味をもってして、裾の割れたパンツもカッコよく着こなすだろう。

そうは思うのだが、自分が彼を思い描いてデザインをするなんて許せなかった。

自分が描くのは、いつも純然たる紳士でなければならない。

鷹揚で、礼儀正しく、落ち着いている人間でなければ。

もう時間がない。

このままでは中途半端な作品を仕上げることになる。

苛立ちは一秒ごとに募り、徒にペンを走らせるばかり。

社へ顔を出せばプライスを決めたり、女性の方につける小物のセレクトをしたり、延ばしていたサンプルのチェックとクチュールのデザインが待っている。

「お疲れのようですね」

と小川に図星をさされても、言い返す気力もなかった。

「コンペは苦手だとは思いませんでしたが…」

理由が別のところにあるのだとは言えないから、彼の手渡してくれるミルクを落としたコーヒーを黙って受け取る。

「いっそのこと、誰かもう一人デザイン系の仕事を分担してくれる方を探してみてはどうです?」

「デザイナーは私一人でいいよ」

「それはそうですが、雑務まですべてお一人でやるのは負担が大きいでしょう。私が言ってるのはデザインのことがわかってあなたの相談相手になる方という意味です」

「相談役か…。小川がいればいいさ」

「私はデザインのことはわかりませんよ」

彼は笑った。

「マダムのところから引退した方でもご紹介いただいては?」

「ダメだな。年上の人間でデザインを齧った人間とは当たりやすい。それに、マダムは私を可愛がってくれるが、仕事のスタッフまでそうとは限らない」

「ではご自分で育ててみますか?」

「育てるか…。そうだな、悪くないかもしれない。時間があれば」

「本末転倒ですか」

電話が鳴り、小川の手が受話器に伸びる。

彼は型通りの挨拶を交わすと、私の方に受話器を差し出した。

「エルステッドの上代様です」

コーヒーを置き、受話器を受け取る。

「お待たせしました」

機械を通して聞こえて来るのは、あの鷹揚とした声だった。

『今、忙しいかい？』

「いいえ、特には」

実際は忙しいのだが、事実は伝えなかった。いくら疲れているとはいえ、大切な取引相手にそれを告げるほどばかではない。

『実は君に頼みがあってね』

「頼み、ですか？」

『ああ、友人の娘さんが今度結婚するので、ドレスを作る人間を探しているんだ。もちろん、ちゃんとしたお嬢さんで、デザイナーに一点物で依頼したいというのだよ』

「仕事、ということですね」

『そうなるな。これはウチの仕事との関連はないいんだが、つい私が口を滑らせてしまってね。あの『サイクロイド』のドレスが依頼できるなら、と向こうが乗り気になってしまっていて…。どうだろう、断るにしても一度顔だけでも合わせてもらえるだろうか』

「少々お待ちください」

受話器を片手で塞ぎ、小川にスケジュールをチェックするように促す。

「マリアージュ一点、どこかに入るか？」

「依頼ですか？」

「わからん、知り合いのお嬢さんに口を滑らせたそうだ」

小川はスケジュール表に目を走らせると、ＯＫというようにうなずいた。

「わかりました。結構ですよ」

『会ってくれるかね』

「ええ、いつになさいますか？」

『そうだな…、個人的な用件なんで、仕事が終わってからになるが、いいだろうか』

「構いませんよ」

『では、明日は？　明日、八時にＴホテルのラウンジで待ち合わせるということで』

「ええ、いいですよ。では八時にＴホテルで」

電話を切ると、小川が私の言葉を聞いてスケジュールに書き込みをしていた。

「大変ですね」

「仕事だからね」

ちょうどいい。

上代社長なら、私が思う紳士としてのイメージに近い。多少年はいってるが、話していれば何かいいアイデアが浮かぶかもしれない。

絶対に会うな、と言った斑尾の言葉がふっと頭を過ったが、関係ない。

あの男の言うことを聞く必要はないし、別に二人きりというわけではないのだから。

「マリアージュとなると、資料もいるんじゃないですか？　用意しますか？」

「いや、いいよ。明日は顔見せるだけだ。本気かどうかわからないしな」

「有名デザイナーの顔を見たいだけ、ということですか？」

「客寄せパンダでも何でもするよ。仕事なら」

その時、再び電話が鳴った。

飲みかけていたコーヒーを手にして小川の応対に目をやる。

何故か彼はちょっと戸惑ったように問いかけた。

「失礼ですが、アポイントメントは…」

誰だろう。

これは社の代表電話ではない。番号を知っている人間は限られているはずなのだが…。先ほどと違って保留のボタンを押し、いったん受話器を置いてから、まだ納得しかねるという顔で小川が聞いた。

「『ファルーナ』のミズホ様とおっしゃる方からお電話ですが…」

「『ファルーナ』？」

聞いたことのない名前だ。

「それでわからなければ丸山と伝えてくれとおっしゃってますが」

ミズホ…、丸山…。

パッと頭の中にボブにした女性の顔が浮かぶ。

「知り合いだ」

苦笑いして受話器を取り、ボタンを押す。

「もしもし」

受話器の向こうから、軽やかな女性の声が響く。

『鈴蔵さん？　今のイイ声の人、秘書？』

「マネージャーだよ、まあ秘書のようなものかな」

『一応真面目な会社のＯＬ風に出たんだけど、アポイントメントとか聞かれちゃったわ』

「真面目なＯＬさんは名前と苗字を別々に名乗ったりしないからね」

『あら、そうね。失敗したわ』

　彼女は悪びれた様子もなく笑った。

　この間の切り替えの早さといい、『丸山さん』を見事に演じていたことといい、彼女は頭のいい女性なのだろう。

「それで、何の御用です？」

『鈴蔵さんにはハッキリものを言う方がいいと思うからハッキリ言うけど、実は今月斑尾さんの件でお店の方の売上が足りないの。よかったらまた同伴してくれないかしら？』

「お店のノルマにつき合ってくれというわけだね」

『ええ、そう。ダメ？』

　私は笑った。

　正直過ぎて気持ちがいいじゃないか。

「いいよ。何時に行けばいいんだい？」

『明日は？』

「明日はダメだな。仕事が入ってる」

『だって夜よ？』

「つき合いがあるのさ」

『ひょっとして、例の会社の？』

斑尾サイドの人間である彼女に言ってもいいのだろうか？

一瞬迷って言葉が詰まると、さすがに商売の女性だ察しがいい。

『ふぅん、そうなんだ』

とあっさり彼女の方から言ってのけた。

「斑尾には内緒だよ」

『でも、仕事が終わった後ってことはお酒でしょう？　いっそのこと社長さんと一緒にウチへ来てくれればいいのに』

「正体がバレちゃうだろう」

『もういいわよ別に。本業はこっちだもの』

「残念だが、二人じゃないんだよ。Tホテルで社長の知り合いのお嬢さんに会うんだ」

『お見合い？』

「それも残念でした、だな。単にウェディングドレスを頼まれているだけさ」

『じゃあいいわ、許してあげる』

「私の見合いは君に許可がいるのかい？」

彼女は当然じゃないという声で言った。

『そうよ。私の大切なお客様だもの。私は自分のお客様は大切にする女なの。頭もいいしね』

そのサバサバとした感じが、今の自分にはとても心地よかった。

『じゃあ、明後日は？』

「いいよ。それじゃ明後日に行ってあげよう。この間みんなを食事に誘った店で待ち合わせればいいかな？」

『ええ、じゃ、あそこで六時にどう？』

「六時に」

電話を切ると、小川は不思議そうな顔でこちらを見ていた。

「今の方は…」

「知り合いになったクラブの女性だよ。お前のことを『イイ声の人』と言ってたぞ」

「お珍しい。水商売の方にはあまり興味がないのかと思ってましたが」

それもそうだ。

たぶん、彼女が媚びを売るような話し方をしないせいだろう。

「今も興味はないな。だが今の彼女は頭のいい娘だし、別に特別な関係じゃないよ。何なら、今度一緒に行ってみるか？」

「私がですか？」

小川はちょっと驚いた顔をした。

「たまにはいいだろう」

そして苦笑した。

「そうですね。まあ別に初めて行くというわけではありませんし」

「そうなのか？」

「あなたより人生経験の豊富な年ですからね」

「じゃ、小川に遊び方を習うかな」

彼女のお陰で、少し気分が軽くなったような気がした。

いっそ、女性の方のイメージを彼女にしても面白いかもしれないな。

フェミニンな女性もいいが、男前な女性というのも悪くないかも。

私はペンを取って近くの紙にサラサラと彼女をイメージしたデザインラフを描いた。

彼女に似合う、縦に長いシルエットになる、飾りの少ないドレスを。

「鈴蔵さんとお会いできるなんて、本当に光栄です。私、鈴蔵さんの服、いっぱい持ってるんですよ」

待ち合わせたホテル内のレストラン。上代社長の紹介してくれたお嬢さんは丸山さんとはまったく違うタイプの女性だった。

長い髪をカールさせ、レモンイエローのプリントを施したジョーゼットのワンピースを纏った、いかにもお嬢様という感じの女性だ。

父親を伴い、ブランドのカバンを持ち、香水の匂いをさせる。

定番だ。

「もし鈴蔵さんにお願いできるんでしたらいくらでもかまいませんわ。ああ、きっとみんな羨ましがるわ」

言動もそういう感じで、心の中で苦笑してしまう。

上代社長も私と同じ感想を持ったらしく、こちらをちらりと見て少しすまなさそうな顔を見せた。

海をテーマにした装飾に彩られたイタリアンレストラン。

「そうなんです、パパは打ち掛けって言うんだけど、私はやっぱりドレスがよくて。そう思いますよね？」

テーブルの花はもちろん、会話の中心も終始そのお嬢さんだけで進み、彼女の父親と社長はその話に相槌を打つばかり。

もちろん、自分もだ。

彼氏とのそもそもの馴れ初めから始まって、どれだけ素晴らしい式を予定しているか。ウエディングドレスに夢を描いているか。

女性にとって結婚は人生最大の夢であり、イベントであるのだから当然と言えば当然なのだろうが、男達としては『そうですね』と言う外はない。

「レースをたっぷり使って、タフタのリボンとか、バラとか」

「バラは生花ですか？」

「セイカって？」

「普通の切り花か、リボン等で作った造花がお好きかということです」

「生の花って使えるんですか？」

「使えますよ」

「じゃ、ナマ花」

「『ナマ花』ですね」

テーブルマナーはよろしいが、それ以外の知識はあやしいようだ。

父親は恐縮したように私に頭を下げた。

食後のワインのグラスを重ね、彼女の話に相槌を打つ。

気がつけばずいぶんな時間を過ごしてしまった。

元気がいいのはお嬢さんだけで、すっかり毒気を抜かれた男達は酒が入ったせいもあって、最後にはすっかり無口になってしまう。

父親の方がそれに気づき、そろそろお開きにしようと言ってくれた時には、失礼ながら思わず心の中でほっとしてしまったくらいだった。

愛らしさとわずらわしさがこんなに近しいものだというのを初めて知った思いだ。

「デザインや布地の細かい話は次回、店の方へいらしてください」

と彼女に名刺を渡し、席を立つ。

頼み事をした娘の父親が会計を済ませている最中、社長がすっと袖を引いて私に耳打ちした。

「この後もつき合わされてはかなわないから、仕事の話があると言って残りましょう」

その意見には賛成だった。

気の弱そうな父親の話ならまだしも、お嬢さんののろけ話はこれ以上つき合いたいものではなかったので。

ロビーで二人にその旨を告げ、タクシーで送るというのを辞退申し上げる。父親は車代として私達二人に封筒を渡した。正式に仕事を引き受けたわけではないのであまり受け取りたくはなかったのだが、上代社長が受け取るので、それに準じる。

彼等の乗ったタクシーが走り出し、その姿が見えなくなると、上代社長はホウッと大きなタメ息をついてこちらを振り向いた。

「さて、ラウンジでお茶でも飲んで帰りましょうか。本当に今夜は申し訳ないことをしました」

「いいえ、とんでもない」

「いいお嬢さんだと言われてましたが、いかんせん口が立ち過ぎる。私はすっかり悪酔いしてしまいましたよ」

社長は言いながらネクタイを緩め、がっくりと肩を落とした。

「大丈夫ですか?」

「大丈夫です。元々酒が強い方ではないのでね、念のために上に部屋を取ってあるんですよ。何かあったら飯尾に電話を入れれば彼が来てくれることになっているし」

「電話、なさいますか?」

彼はちょっと考えるように天井を仰いだ。

「そう…、ですね。いや、部屋で少し休めば大丈夫でしょう。それよりどうです？　一緒に来ませんか？　飯尾に電話してもすぐ来るとは限りませんし、彼を待つ間に一緒にルームサービスでコーヒーでも」

時間は遅いとは言え、まだそれほどでもない。

飯尾氏がどこに住んでいるかは知らないが、この言い方ではせいぜいがところ二、三十分だろう。

それならば、閉まりかけのラウンジで慌ただしくコーヒーを飲むよりもルームサービスの方がいいだろう。

「では、部屋までお送りしますよ」

酔って、足元の不確かな彼に手を貸しながらエレベーターへ向かう。

エレベーターが自分をどこへ運ぶのか、本当の目的地を、その時の私は気づいていなかった。

斑尾がしつこいほど社長と二人きりになるなと言った言葉も、お嬢さんのお喋りとともにどこかへ消えてしまい、思い出すこともしなかった。

確かに、自分は世間知らずだったのかもしれない。

だが、それを咎めたり、忠告したりしてくれる者はこの時そばにはいなかった。

斑尾も、小川も、誰も。

「飯尾くんはいやがるだろうなあ」

私を個室へ誘う、照れくさそうに頭に手をやる社長以外、誰も。


カードキーを使って入る部屋は、意外なことにシングルではなくツインだった。

「何だかもったいないとは思うんですが、どうも狭いのが嫌いでね」

彼は自分の無駄使いを恥じるように言い訳をしたが、そういう人もいるだろう。特に海外で生活したことのある人間は日本の個室を手狭と思う人が多い。

「どうぞ、座ってください。コーヒーを頼みましょう」

ベッドへ促されたが、あまり行儀のいいことではないので、テーブルセットの椅子へ腰を下ろす。

スタンダードではあろうが、ホテルがいいから、部屋はゆったりとしていた。

社長はベッドの方へ腰を下ろし、ネクタイを外し、くるくるっと丸めるとスーツのポケットへ突っ込んだ。

「飯尾さんへ電話をしなくていいんですか?」

「まだ少し本調子ではないのでね、コーヒーを飲んで休んでから連絡しても大丈夫でしょう。鈴蔵さんもコーヒーでよろしいですか?」

「ええ」

上代社長は、ベッドサイドの電話でルームサービスのコーヒーを頼んだ。

「すぐ来るそうですよ。コーヒーが届いたくらいに飯尾に電話すればちょうどいいかな?」

社長はポケットから取り出した携帯をその電話の横に置いた。

「鈴蔵さんも送りましょうか?」

「いや、私は自分の車で来ましたから」

「何だ、そうだったんですか。ですがワインを飲んでは運転できないでしょう」

考えてみればそうか。

「では、休んでちょうどよかったってわけですね」

「そうなります」

話は今終えたばかりの食事の話になり、イタリアンは和食に近い、最近の創作和食と言われるものはイタリアン寄りだ、などと軽い会話を楽しむ。

こうして見てみると、やはり上代社長はダブルのスーツが似合う紳士然とした大人の男といった雰囲気があるな。

だが彼をイメージすると、今自分が抱えているイメージとは離れてゆく気がする。

自分の中では、靴のデザイン上女性が主体で、男性は女性にひざまずく感じがいいのだが、社長では女性の方が添え物になってしまいそうだ。

ドアのノックの音がして、コーヒーがすぐに届けられる。

社長は自らそれを受け取りに出て、ワゴンを押して戻って来た。

「私はミルクをたっぷり入れる方なんだが、鈴蔵さんは？」

「私はブラックで結構です」

「そうかい？」

テーブルのそばにワゴンを並べ、自分の分にたっぷりミルクを注ぐ。

「おっと、その前に飯尾に電話しておかなくては」

彼は慌てて出しておいた携帯を手にすると、飯尾氏に電話を入れた。

「ああ、もしもし。飯尾くんか？」

声を気にして、携帯を手で隠すようにしながら戸口の方へ向かう。

「今終わったよ。ああ、それで部屋を取ってるんだがやっぱり戻るから。うん、車を出してもらえるかな」

その声を聞きながら、コーヒーを飲む。

ほろ酔いの舌には苦すぎる味に、少しミルクを足した。

「悪いな。ああ、じゃあ部屋で待っているから」

戻って来た社長は肩を竦め、

「いっそ泊まられたらいかがですって言われてしまったよ」

とぼやいた。

「お泊まりになればよろしいのに」

「うん、だが仕事が気になってね」

「奥様がお待ちですか？」

「いや、私は結婚はしていないんだ」

「独身ですか」

「若い頃に失敗してね、一人の方が楽さ。いろいろ遊びもできるし」

彼はそぐわない表情でにやりと笑った。

整っている顔だけに、あまりいい表情には見えない。

「海外にいる頃には、パーティに行く時に困ったけれど、それを口実に女性を口説くことができたから、一長一短かな」

「口実ですか？」

「妻を伴ったパーティに男一人で出なければならないので、エスコートさせて欲しいと言うのさ。ドレスの似合う美しい女性とデートをするには絶好の口実だよ」

「なるほど」

彼はカップに角砂糖を落とすと、ワゴンからコーヒーをソーサーごと取ってベッドに座ったまま口をつけた。

「鈴蔵さんはイギリスで育ったとか？」

「ずっと、というわけではないですよ。ベトナムやフランスにもいました。でも一番長かったのはイギリスですね」

「イギリスは行ったことがないが、楽しいところかい？」

「私は好きです」

「食事が不味いとか」

「と、言いますね。でも中華はとても美味しいですよ。フランスのよりカラッとしてて」

「イギリスで中華？」

「意外に思うかもしれませんがね。トライフルなどのお茶のお菓子も美味しいですよ」

「ほう…。私は酒がダメだから甘い物が美味いというのは惹かれるな」

他愛のない会話。

時計の針がゆっくりと過ぎてゆくのがわかるほど静かな時間。

飯尾氏はいつ頃来るのだろう。先に帰ると言い出しては失礼に当たるだろうか？

コーヒーは苦く、アルコールのせいで喉が乾いていなければ遠慮したい味だった。苦みはミルクでも消えず、舌に残った。

飯尾氏はなかなか現れず、時間だけが過ぎてゆく。

先に帰らせてもらおうか？

日付を越えるまでには家に戻りたい。結局、社長に会っても何のヒントもなかったし、このままでは作品がコンペに間に合わなくなってしまう。

腕時計へちらりと目をやると、この部屋へ入ってもう四十分近く経っていた。

失礼にはなるが、やはり引き取らせていただこう。

「社長、申し訳ないが私はこれで失礼しますよ」

「お帰りになるんですか？」

「ええ、ずいぶん遅くなりましたから」

「アルコール、抜けてないでしょう」

「仕方ない、タクシーで戻りますよ。車は明日にでも取りに来ます」

「帰れますか?」

どうしてそんな質問をするのだろう。ここへ来る時の足元も、今話している時の意識とて素面そのものだというのに。

「それほど飲んではいませんから大丈夫ですよ」

だが彼は先ほどちらりと見せた嫌な感じの笑顔を浮かべた。

何だか嫌な感じだ。

テーブルに手をかけて立ち上がる。

途端に目眩を感じて、私は床へしゃがみこんだ。

「大丈夫じゃないようだね?」

言いながらも彼は手を貸そうともせず、ゆったりとベッドの上でコーヒーを飲み続けている。

「上代…さん?」

立ち上がろうとしても、膝に力が入らない。

痛みも何もない。

ちょうど、急に動いたから貧血を起こした、そんな感じだ。

だがこれが単なる貧血でないことは自分にもわかった。

酒を飲み過ぎたわけでもなく、体調が悪かったわけでもない。空腹だったわけでもなく、元から貧血の持病を持っていたわけでもない。

そして、上代社長の不自然な態度。

背中に、冷たいものが流れた。

まさか…。

まさか彼が作為的に？

そんなこと、あるはずがない。

そんな理由はないではないか。

けれど、彼はまるで私がこうなることを知っていたかのような口ぶりで言った。

「やっぱり、帰れないだろう」

痺れはゆっくりと足から上の方へ上がって来た。

指先も少し痺れ、腕から力が抜ける。

上代社長はスーツのポケットへ手を突っ込むと、小さなカプセル錠を取り出し、手のひらの上へ乗せると私の目の前に広げて見せた。

「これは血圧の薬の一種でね、血管を収縮させて手足を痺れさせる。意識障害が起こるようなこともないし、感覚がなくなるわけでもない」

「な…に…？」

「効き目は一時間ちょっと。それを過ぎるとまた元に戻る」

彼は自分の飲みかけのコーヒーを指さし、その中へカプセルを割り入れた。

「これを、こうして君に飲ませたんだよ。ボーイから受け取ってすぐにコーヒーに溶かした。もちろん、間違って自分が飲まないようにミルクでしるしをつけてね」

「な…ぜ…」

舌が痺れ、口が上手くまわらない。

「なぜ？　それは君が綺麗だからさ」

彼は笑った。

「私は仕事と遊びと、同じ比重で楽しむことにしている。君は仕事相手としても優秀だが、遊び相手としても優秀そうだ。だからだよ」

「遊び…？」

「セックスさ」

聞き間違いかと思った一言に、彼を見上げる。

「私は女性も好きだが、男性も好きなんだ。特に君のように若い男性はね」

その言葉が私に与える衝撃を楽しむかのように、上代は言い放った。

「もちろん、いつもこんなことをしているわけではない。相手はちゃんと選んでいる。このところの会食でよーく君を見ていたんだ。生粋のお坊ちゃまで口数は少なく、プライドが高くて失いたくない地位とステイタスを持っている。そんな君ならば、どんな目にあわされようと、私を訴えることはできないだろう？」

さっきクスリを出したのとは反対側のポケットから、丸めたネクタイを取り出す。

「男に一服盛られて犯されたなんて、言えるわけがない」

身体を支えていた腕を取られ、前にのめるように床に倒れる。彼の足元にひれ伏すようになったのが嬉しいのか、頭上では笑い声が聞こえた。

「大丈夫、これは取引だ。私が楽しめれば、君にもメリットはある。コンペなどする必要はない、君の作品で決定だ」

バカな…。

そんなものを喜ぶわけがないではないか。

「そんなこと、嬉しくも何ともないという顔をしているね？　そういうところも好きだよ。そのプライドがあるからこそ、ますます人には言えないだろう？　まさか自分が身体を使って仕事を勝ち取った、なんて」

すべてが計算済みだとでも言わんばかりのセリフ。

「さて、クスリが切れる前に、君には抵抗できないようにしておかないとな」

「かみし…」

両の手首がしっかりと彼のネクタイで縛られる。

「まだ足は大丈夫かい？　立って、ベッドに乗るんだ。床でやるのも悪くはないが、堅くてやりづらいから君を堪能できない」

引き立てられる罪人のように、ふらふらとベッドへ引き上げられる。

そんなところへ乗るものかと思っているのだが、意外なほど、彼は力強かった。せめてもの抵抗で、上半身だけはベッドへ横たえたが足は床から引き上げることはしなかった。

腹ばいのまま、もうどこにも力を入れることなく、抵抗できない代わりに協力もしない。丸太のように、自分の身体が重くなることを祈るばかり。

けれどそれも無駄なことだった。

滑りのよいベッドカバーは腕を引かれるだけで、乗り切らなかった私の下半身をもその上へ乗せてしまう。

『あの男と二人きりになるな』

ふいに、頭の中に斑尾の声が響く。

あの時、彼は自分が欲しい仕事の前で、クライアントと抜け駆けするなという意味で言っているのだと言っていた。

けれどそれがどんな意味だったとしても、少しは気に止めておけばよかった。

ほんの少しでもそれを覚えていれば、こんなことにはならなかっただろうに。

「土足ではいかんな」

優しげな声は、まるで酔った人間を介抱するかのような響きがあった。

「よ…せ…」

靴が脱がされる。

「飯尾…が…」

くるりといとも簡単に仰向けに返される。

「飯尾？　飯尾が来るとでも思っていたのかね？　さっきの電話は自宅の留守電に吹き込んでいただけだよ」

ネクタイが外され、スーツの前がはだけさせられる。

ワイシャツがズボンから引き抜かれ、ボタンに手がかかる。

「この部屋には誰も来ない」

この男の言う通りだ。

この部屋に自分が居ることを知る者は誰もいない。

いや、小川なら気づくかもしれないが、それでどうだというのだ。取引先の社長と、男同士で一つ部屋にいたとしても、誰も『おかしい』だなんて思わないだろう。

さっきまでの自分がそうだったように。

助けを期待しても、それはあり得ない存在だ。

「やはり君は肌が白い」

胸に這う指。

吐き気をもよおすような嫌悪感。

「外国の血のせいだろうな。イギリスは同性愛者の多い国だろう？　ひょっとして、こんな手間をかけなくとも、相手を望めたのかな？」

「じょ…うだ…ない」

「舌のロレツも回らなくなって来たようだな。それじゃ、そろそろお楽しみの時間というではないか」

カサついた指が、胸を這った。

シャツの中に滑り込み、女性を相手にするように動き出す。

「綺麗な唇だ」

紳士と思っていたケダモノの顔が近づいて来るから、顔を背けた。
けれど顎をとられ、簡単に向かされてしまうから唇を噛み締める。
力を入れることはできなかったが、口を閉じることはできた。そこへ唇が重なる。
痺れる足で彼を蹴った。
だがそれは狙いを外れ、何の効果も示さない。
笑いが耳に届き、指がズボンにかかった。
ベルトの外される音が聞こえ、ファスナーに手がかかる。
痺れる身体の上に彼の手が置かれた。
気持ちが悪い。
気持ちが悪い。
「やめ…！」
すっかり前をはだけさせられた身体に上代がのしかかる。
その時、部屋にチャイムの音が響いた。
「何だ…？」
明らかにそれは彼にとって予定外のことだったらしく、弾かれたように私から離れると
ドアの方を睨みつけた。

慌てて枕を取り上げ、私の顔の上に乗せる。

軽い重みと共に与えられる暗闇。

「声をあげるなよ。そのみっともない様を他人に見られたくなければな」

そう言い置いてから、足音は遠ざかった。

届いて来るのは声だけだ。

「どなたかな」

聞き慣れた礼儀正しい声。

それに応えてドア越しに誰かが喋る。

「もうしわけございません、お客様。このフロアで盗難がありました関係で、少々お部屋を拝見させていただきたいのですが」

くぐもって聞こえる言葉。

これが最後のチャンスだ。

この醜態を見られても助けを求めるか、黙ってあの男に蹂躙されるか…。

「ここには問題はない」

「わかっておりますが、警察の方がご身分だけでも確認したいと申されまして」

「身分？」

「お名刺を頂戴できましたら」

「わかった、待ちなさい」

ガチャガチャとドアを開ける音がする。

まだだ、外の人間にちゃんと声が届かなくては。

「ほら、名刺を…」

声を張りあげようと、息を深く吸う。

その耳に、上代の罵声が届いた。

「何をするっ!」

「いやあ、いい部屋だ」

「君、勝手に…!」

声…。

「さあ、中へどうぞ、マネージャー」

あの声は…。

「やめろ!」

「いいじゃないですか。お楽しみなんでしょう? これはすごい、まさにAVさながらの強姦シーンだ。手を縛られた上に、顔にマクラ。動けるか?」

…斑尾？

「…あ…」

見られたくない。

けれど助けは求めたい。

マネージャーというのは誰だ？

何が起こってるんだ？

「おっと逃げるなよ。自分の設えたステージだろう？　主役が逃げちゃ話にならないぜ」

「やめろ！」

ベッドのスプリングが揺れる。

何か乾いた音がする。

「お客様…」

「違う、これは…！」

「往生際が悪いな、悪党ならそれらしくしろよ」

「すぐに警察を」

「いや、それはしなくていい。強姦は親告罪だし、被害者の立場ってもんもあるからな」

「ですが…」

「なぁに、訴えると決まったら証人に立っていただきますよ」

「違う、何かの間違いだ。彼が酔ったから…」

「ほう、あんたは酔った人間の手を縛って服を脱がし、マクラで顔を覆うのかい？」

「それは…」

マクラが取り除かれ、急に視界が明るくなる。

目に映る斑尾の顔。

「鈴蔵」

情けなくて、泣きそうだった。

「大丈夫か？」

心配そうな顔。

けれど、何ということか、彼はすぐには手を自由にはしてくれず、私の手首を手にしていたデジタルカメラで写真に撮ったのだ。

「な…を…！」

怒りで声が詰まる。

「起きられないのか。クスリを使われたな？」

言うなり、彼は私をそのままにもう一人の人間を手招きした。

「マネージャー、こっちに来てください」

声に応えたのは、黒いスーツを着たホテルマンだった。

「な…！」

何故、どうして？

そう問いかけることもできない。

「よく見てください、ゴミ箱に開いたカプセルが捨ててあります」

「確かに」

「それじゃ、今からこのコーヒーをこっちに移しますから」

ポケットから出したビンに、私の飲んでいたコーヒーの残りを移す。同じように上代のコーヒーの残りもビンに取る。

ゴミ箱には手を入れ、ハンカチで大切そうにカプセルの残りを取り出すのも忘れなかった。

それらをすべて、手にしていたバッグの中にしまい込むと、またも私を無視して別の方向に言葉をかけた。

「これであなたのしたことの証拠はすべて俺の手の中にある」

「す…鈴蔵は私を訴えたりはしないぞ！　訴えられなければ犯罪は成立しない！」

「だろうな。俺だってあんたを犯罪者にする気はない。いや、犯罪者にする必要はないんだよ。失業者にすりゃ、それでいい」

斑尾の勝ち誇ったような笑みが目の端に映った。

返事はなく、物音もしない。

「さあ、それじゃ行こうか」

斑尾はやっと私に視線を戻すと、はだけた服をそのままに、ベッドカバーで私の身体をくるりと包んだ。

「マネージャー、後で返すから、こいつは借りてくぜ」

「このことは…」

「大丈夫、ホテルの名誉を傷つけるようなことはしませんから」

そして、その逞しい腕で軽々と抱き上げた。

「よ…せ、おろ…せ」

「おとなしくしてろよ。結構重いんだから」

彼の胸元に抱き上げられ、初めて部屋の様子がわかった。

広い部屋、私が倒れていた方ではない方のベッドに、放心した上代。

その彼を執拗にビデオで撮り続けている女性の後ろ姿。取り残されるようにテーブルの近くに立つ黒服のホテルマン。

「じゃあ、これで失礼しますよ」

誰に言った言葉なのか、斑尾は一言だけそう言うとそのすべてに背を向けた。

何の説明もなく、どうして彼がここにいるのか、この状況に何の意味があるのか、何もわからないまま、連れ出される部屋。

説明を求めたい。

上代に文句の一つも投げつけたい。

カメラも取り上げたいし、服も直したい。

けれど。今は、力の入らない身体を斑尾に預けながら安堵で泣きそうだった。

意外なほど暖かく安心できる彼の胸の中で…。

薬品を使われているのだから、当然病院へ運んでもらえるのだと思っていた。

ホテルのマネージャーは別としても、あのビデオを回していた女性は一緒について来るものだと思っていた。

だが、斑尾がベッドカバーにくるんだままの私を運び入れたのは、見たこともないマンションの一室だった。

モノトーンの部屋。

壁に飾られた白黒写真のポストカード、アルミ・ダイカストのインテリア。部屋の半分を占める足の短い大きなベッド。

聞かなくても、ここが彼のプライベートルームであることはその佇まいから知れる。

そのベッドの上に静かに下ろされ、やっとベッドカバーの包みが解かれた。

「意識はあるか？」

「ある…」

「そいつはよかった。何か飲むか？」

彼に何かを頼むのは不本意だったが、喉はカラカラだった。

「…水を」

「待ってろ」

車で運ばれている間に少しずつクスリの効き目はピークを迎え、意識も朦朧としていたが、今はだんだんと元に戻って来ている。

手足の痺れもビリビリとしたものになり、指に力を入れると握ることができた。

と言ってもまだ手首はネクタイで縛られたままだから、そのせいで血流が悪くなっているのかもしれないが。

「鈴蔵」

斑尾は部屋へ入り、ベッドに横たわる私の横へ腰を下ろすとそっと抱き起こした。

「ほら、水だ」

コップを取ろうと手を出したのだが、彼はそれを口元に押しつけ、飲ませようとした。

唇に冷たい水が流れこみ少しほっとする。

「気分は？」

「…最悪だ」

「体調のことだよ。何を飲まされたのかもわからないからな。催淫剤だったら困るだろ？」

「…血圧の…薬だと言っていた。一時間ちょっとで戻るとも」

「部屋に入ってすぐに飲まされたのか？」

「ルームサービスのコーヒーで飲まされたから…、すぐかな」

私を胸に抱いたまま問いかける斑尾は、意外なほど頼もしく見えた。

どうしてそう見えているのかはわかっている。

彼が私をギリギリの淵から拾い上げてくれたせいだ。

「ってことはそろそろ一時間か。吐き気は？」

「無い」

「じゃあ大丈夫だろう。コーヒーは飲み残していたようだし」

「斑尾」

彼の腕の中で、私は問いかけた。

「どうしてこんなに都合よく助けに来てくれたんだ？」

不思議な落ち着きがあって、私はその答えを予測していた。

バカじゃなければ、起こった出来事の断片を繋ぎ合わせればわかることだ。

けれど彼の口から、その答えを聞きたかった。

いくつかの、未だに解けぬ疑問と共に。

「私は…、お前にあのホテルにいるなんて一言も言わなかった」

「ミズホには言っただろ？」

「丸山さん…？」

「ああ。あいつが連絡をくれた。今夜、お前が上代とホテルで会うと」

そうだった。

彼女と彼とは繋がっていたのだっけ。

「だが時間は…、それに二人きりではないと言っておいたのに」

「もし何事もなく別れればそのままにするつもりだったさ。時間はわからなくても、待ち合わせをするつもりならロビーで張ってればいい。あそこにあいつがいたのに気づかなかっただろう」

「彼女が？　…まさか、あの部屋でビデオを回していたのは…」

「ああ、ミズホだ。本名は丸山京子って言うんだがな」

「そっちの方が可愛いのに…」

「今度会ったらそう言っといてやろう」

「お前…、上代社長がこういうことをすると知っていたんだな？　だから私に近づくなと言ったんだな？」

彼は答えず、一瞬私を見下ろすと軽く鼻を鳴らした。

「何故最初から言ってくれなかった」

「言ったって信じなかっただろ？　お前はあの男を紳士と思っていたようだし。下調べもしてなかったんだから」

ああ、そうだ。

彼はもっと仕事相手のことを調べろと言っていたっけ。

あの時は飯尾のことだと思っていたが、それは上代社長のことだったのか。

「このコンペの話が出た時、俺は本国の方に調べを出した。ウチは親会社がアメリカで、お前さんのとこと比べると物事をもっとビジネスライクに考える。だから、相手の会社の経営状態もそうだが、担当者の好みや生活まで調べることにしている。そうしたら、彼が本社でトラブルを起こして日本に体よく飛ばされたってことがわかった。そして、本社の連中はできれば彼の首を切りたがってるってことも」

「社長なのに？」

「まだビジネス自体は大きくは動いていない。あちらとしては飯尾に首をすげかえたがってたんだ。だから俺達の担当と営業と、二つを兼ねていた。上代はお飾りだな」

今、お前には人を見る目がないと言われても、反論はできないだろう。自分は飯尾を敬遠し、上代に一目置いていたのだから。

「そこで詳しくあの男が起こした事件というのを調べてみた。横領などの使い込みなら金銭面に注意しなければならないし、強請タカリならこっちにアプローチがあるだろうと思って。ところがフタを開けてみたら…」

「性的なトラブルだった」

私の言葉に彼は笑った。

以前見せてくれていたような、子供っぽい笑顔を。

「相変わらず言葉が綺麗だな。そうだ、強姦だ。しかも薬物を使って、未成年者や、結婚間近な女性や、出世がかかわってる若いサラリーマン。とにかく、あいつに対して立場の弱い人間をターゲットにしたものだった。事が起こっても、決して訴えられないような人間ばかりだ」

「私にも…そう言っていた」

あの男の反吐が出そうな脅しの言葉を思い出す。

訴えられないだろう、と高笑いしていたのを。

「ああいうヤツは嫌いでね。自分だけが特権を持っていると思って弱者を踏みつけにするようなバカ者なら、こっちが仕組んででも追い落としてやろうと思ったんだ」

「それで彼女を？」

「そうだ。素人に頼むわけにはいかないからな。行きつけの飲み屋の女だが、それなりに着飾ればウチのスタッフに見えないこともなかっただろ？　彼女なら男のあしらいにも長けてるし、あれで結構度胸がある」

「頭もいい」

自分の仕事は、上代に『乗って』もらうことなのだと言っていた。

それは彼を籠絡するという意味ではなかったのか。

身体で契約を取るために誘惑して『寝る』のではなく、卑劣漢をつるしあげるために『襲わせる』という意味だったのだ。

だから彼女はまだ仕事中だから詳しく話せないと言って、私が怒っていた時に微妙な顔をしていたのだ。

「お前のことも、本当はこのからみで追いかけていた」

「私？」

「ああ。元々、お前をつけたのは、『鈴蔵』というデザイナーが、上代と同じタイプの人間かどうかを調べるためだ」

「私に関するいい加減な噂は、会社が調べたものか…」

斑尾はすまなさそうにうなずいた。

「大失態だ。全然リサーチができてない」

「もし…、私が上代と同じ人間だったらどうしていたんだ？　同じ人間ではなかったら、どうしていた？」

「同じ人間なら、ミズホを使わず、お前を餌にするつもりだった。違う人間だったら二つの考えを用意していた」

「二つ？」

「一つは何も知らせずにそうっとしておく、もう一つは仲間に引き込む、だ」

「私は放っておかれた方だな？」

「そうだ。お前と一緒に暮らしてみてわかった。鈴蔵はこういう策略事がキライなタイプだってな。もし上代の悪事を教えてやっても、警察に訴えろと言うだろう」

　その判断は正しい。

　ただ口でだけ知らされていたら、そう答えただろう。わざわざ犯罪をおかさせることはない。悪人を取り締まるのは警察の仕事だ、と。

「だが、訴える人間がいないとヤツの犯罪は成立しない。罠を張る必要があるのは、もうわかってくれるだろ？」

「…ああ」

　これが自分ではなく、斑尾が口にしたように未成年の相手にされていたらと思うとゾッとする。許せるわけがない。

「だがもう一度だけ言っておくぞ、事故は偶然だ。別荘の付近でその生活をちょっと盗み見る程度ですぐに帰ろうと思っていた。遠目から見ている限り、お前はやっぱり気位が高いだけのお姫様に見えてたしな」

「イメージの問題だよ。話をして、あまりに清廉潔白過ぎるから、そっとしておくことに決めた。こっちで画策している間、あの男に近づかないようにと願ってるだけだった」

「上代に近づくなというのはそういう意味だな?」

「あいつが男も相手にしてるのは知ってたからな。お前に目をつけなきゃいいなと思ってた」

「私は男だ…」

痺れと目眩はだいぶ楽になり、身体に感覚が戻る。

口もよく回るようになって来た。

もういいだろうと、私はまだ縛られたままの自分の手首を上げて見せた。

「そろそろコレを取ってくれないか?」

堅く結んであるとはいえ所詮は上代の物。ほどけなければ切ってしまっても心は痛まない。だからすぐに解いてくれるだろうと思った。

けれど彼は首を横に振ると、こう言ったのだ。

「ダメだ」

「…斑尾?」

私を抱いていた腕が緩み、ベッドへ横たえられる。

「自由にする前に、お前には言いたいことが山ほどあるからな。解くのはその後だ」

「斑尾！」

まさか、あの男の続きをしようというんじゃないだろうな。

脅えて身体を引くと、彼はその縛られた腕を取って引き戻した。

「か…、身体はもう動く。足だって動くんだからな！」

「はあ？」

「何かしたら蹴り飛ばしてやる！」

斑尾は今まで私に二度キスをした。

一度はイタズラのようなものだったが、二度目は…。しかも抱き締められたり、好きだと言われたことさえあったのだ。警戒するのは当然だろう。

なのに彼は私の警戒を笑い飛ばし、軽く頭をこづいた。

「ヤルなら強姦じゃなく、合意でするさ。ただ、お前は先入観があって、俺のことを嫌ってるだろう。だからおとなしく話を聞かせるためにそのままにしておくだけだ」

「話くらい、ちゃんと聞くに決まってるだろう」

「そうか？」

「お前に悪意がなかったということはわかったんだ。こんな変な真似をしなければちゃんと聞く」

「俺に悪意がない、ねえ。まあいいだろう。じゃ、解いてやるから手を出せよ」

シュッ、と音がしてやっと手が自由になる。かなり堅く縛られていたのだが、腐っても社長のネクタイは品質がよかったらしい。

赤く跡のついた手首を摩る。

手を握ると少しむくんだような気がするが、何とか普通に戻ったようだ。

「鈴蔵」

自由になってほっとし、身体を起こした私に向かって名前を呼ぶ。

壁に背中を寄せ、彼に向き直り、何をされるのかと身構える。

だが彼は襲って来るようなことなどしなかった。

「話のカラクリはこれで全部解けただろう？」

ただ声の響きには笑いはない。

「これでやっと俺もお前と話ができるってわけだ」

「私と話？」

「そうだ。今まで、『やらなければならないこと』があったから、横へ退けておいた俺の大切な話、がな」

そう言うと、彼は私の手を取った。

「前に言っただろう、お姫様。お前には騎士の苦労がわからないと」

握るようなことはせず、ただ手のひらに乗せるだけにして。

「けれどいまやお前は俺の苦労を知ってくれたわけだ。言いたいことだってあるんじゃないか？」

「礼を…言えと？」

それは別に口にしてもかまわない。

彼は確かに自分を助けてくれたのだから。

「いや、そんなものはどうだっていい。俺がヤツを追い落とすことを決め、俺があの野郎にお前が犯されるのが嫌だったから踏み込んだだけのことだ。だがそのために、お前に嫌われるであろうことを覚悟しなけりゃならなかったし、俺を好きかと聞くこともできなかった。身の潔白を証明するために、言い訳をすることもできなかった。だが今は違う。もう何でも言える」

粗野な彼に似つかわしくない優しげな態度で手の甲に口づける。

「俺がお前にいちいち小言を言って回っていたのは、お前を守るためだ。理由を説明できなかったのは仕事のためだ。初めて会った時に自分の身分を明かせなかったのも、仕事のせいだ。けれど今は言えるし、もうお前は知っている。その上で聞く」

その態度に、何故か胸が高鳴った。

「俺を、『好き』か？」

心臓の鼓動が早くなってゆくのが、自分でもよくわかった。

「何を…」

「俺は最初から言ってるだろう？　お前のことが気に入った、好きだ、と。だから今度はお前が俺をどう思ってるか、聞かせてほしい」

「ど…、どう思ってるかなんて。感謝している」

「それから？」

「それからって…」

「感謝は強姦魔から助けたからだろう？　俺にじゃなくても言える言葉だ。俺が聞きたいのは、俺という人間をお前がどういうふうに思っているかだ」

取られていた手が握られる。

その返事を聞くまでは逃がさないぞ、というように。

「俺はお前と一緒にいる時に、お前を好きになった。まず顔がいい。ハンサムだし、好みの顔だし。そして中身がよかった。気位は高いが、決して変なプライドを振りかざすわけ

じゃない。見知らぬ俺を家に上げ、手当もしてくれた。一般常識にちょっとうとくて、普通の遊びも知らず、怖々と外へ出る箱入りの姫のような純真さも好きだ」

「別に私は…」

「お前は？」

ベッドの上、斑尾の膝が滑るように近づいて来る。

「お前、は？」

言葉をなくし、彼の顔を見つめる。

そんなことを言われても困る。

彼をどう思うかなんて考えたこともなかったのだ。

確かに、彼と一緒にいる時は楽しかった。

彼がライバル社のデザイナーと知るまではもう一度会いたいとも思っていた。

自分とはまったく別のタイプの男だけれど、憎めないと思っていた。違うからこそ、興味もあった。

「興味は…ある」

「どんなふうに？」

「どんなって…」

「デザイナーとしてか？　男としてか？」

「わ…、わかるわけがないだろう。普通男は男をそういう目で見ることはないんだぞ」

「じゃあ見ろよ」

声が、自分の知っている彼とは変わる。

私が知っているのは、悪ふざけをするような、人をからかうようなものだった。そうでなければ、仕事をする堅いものだった。

剥き出しの男を打ちつけて来るような真剣な物言いなぞ…一度しか聞いていない。

そうだ。

マンションの駐車場で、彼はこれと同じ声で言った。

上代と出かけたと知って、慌てて駆けつけたのだと言って、無事でよかったと言って、深い口づけを押しつけて来た時。

あの時、彼はこれと同じ声をしていた。

「本気で…、私が好きなのか？」

ひどい男だから、嫌いだと思っていた。

最低な男だと思ったから、考えることもしたくはなかった。

「当たり前だろう」

ではそうではなかったら?

ひどくもなく、最低でもなく、本気で私を口説き、私を大切だと思っている男だったら?

私は彼をどう扱うべきなのだ?

言葉をなくし、彼の手に手を委ねたまま、じっと考えた。

キスをされても、怒りはしたが上代にされた時のような吐き気を催すような嫌悪感はなかった。

頬を染めて、突然の行動に異論は唱えたけれど、憎しみは湧かなかった。

それを、何と表現すればいいのだろう。

彼が真剣に問いかけているから、彼にちゃんと答えなければならないと思うから、たっぷりと時間を使って本気で考えた。

『どうして』という言葉を何度も使い、心の奥底のさらに奥まで攫って、考えた。

その間、斑尾は躾のよい犬のように、本当に姫の御前に座す騎士のように、辛抱強く私の言葉を待っていた。

「経験がないから、よくはわからないが…」

だから、前置きをしてから、その言葉を口にした。

「…好きだとは思う」

それが真実の気持ちだろうと思って。


恋愛の経験はあった。

当然のことながら女性を相手として。

長くもない人生の間、一度としてその対象を同性に定めたことはなかった。

だからこの気持ちを恋愛なのだとハッキリ言い切れる自信はなかった。

けれど、もしも斑尾が女性であったなら。こんなゴツイ女性はいないと思うが…。とにかく、彼を女性と思って、女性に対して同じ気持ちを抱いているとしたら、自分はその気持ちを何と呼ぶだろうか？

一緒にいることが楽しく、素性を聞くことも忘れて時間を過ごし、キスをしても嫌ではなかった。もう一度会いたいと願い、相手が自分を裏切っていたことが許せず、そうでなかったのだとわかった今、心からよかったと思っている。

抱き合って、深く口づけた過去を想えば顔が赤くなってしまう。

握られている手が熱く感じる。

それがもし、女性相手だったら。

きっと私はその女性に恋をしていることを否定できないだろう。

その答えの出し方が間違っているのだとしても、自分の思考回路ではこれが精一杯の『男同士の恋愛に直面した自分の考え方』だと言うと、斑尾は笑った。

とても私らしいと言って。

その笑顔は優しく、少しカッコよく、胸を締めつけた。

だが、その切ないような甘い感覚を味わったのは、私だけだったのかもしれない。

「さて、それじゃ両想いになったってことで、これで遠慮なく抱けるってわけだな」

斑尾は所詮礼儀正しい男ではなかったのだ。

「何を言ってるんだ」

「何って、恋人になれたと思っていいわけだろ？　俺はお前を好きだし、お前も俺を好きなんだから」

「だからと言ってなんで考えがそういう方に直結するんだ」

「いいか？　人がつき合うのは相手のことをどう思ってるか、好きか、嫌いか、恋か、それ未満かを見極めるためにだ。それで言えばたった今俺達はその答えが出たんだから

『おつき合い』の期間はこれで終了だろう？」

「違うだろう！」

「キスも終わってる、知り合ってずいぶん経ってる、お互いいい年をした大人の男だ」

「キ…、あれはお前が勝手に…」

「キスは男からするもんだからな。当然だ。男からキスしたのをちゃんと受け取った後で女が『その気はありませんでした』って言ったらお前だってサギだと思うだろう。一回目も二回目も、俺は抵抗はされてなかったと思うが？」

それは、一回目は驚いたからで、二回目は…、意表をつく激しさだったからだ。

別に望んでいたわけじゃない。

「それに、本当だったら別荘にいる時から手を出したかったのを今日まで我慢したんだぜ」

「当然だろう！」

「そのうえ、今の格好を見てみろ。こんなに美味しい状況で、カタがつくまで待ったんだ。OKが出たらその気になるのが男ってもんだ」

言われて、自分がまだ服を整えていなかったことにようやく気づいた。

ワイシャツのボタンはすべて外れているし、ズボンのファスナーも下りたまま。運ばれて来た時にはベッドカバーで包まれていたし、感覚が戻って来ていなかったからすっかり忘れていた。

慌てて前を掻き合わせたが、もう遅い。

斑尾は手を伸ばし、私を押し倒した。

「斑尾！」

「どこまでやられた？」

「何を…」

「あの男に、どこまでやられた？」

彼の長い前髪がはらりと落ちる。

「別に何も…」

「シャツのボタンが全部取れてて、下着も丸見えで『何も』？」

手首を押さえて倒したのに、痛いとも言わないうちにすっと握る場所が動く。

「キスは？」

「されてない」

唇は隠していたのだからあれはキスじゃない。

「胸は？」

「…少しは触られたが男の胸なら別にどうということはないだろう」

「そうか、どうってことないなら俺が触ってもいいよな？」

言いながら彼の唇が合わせたばかりのワイシャツの襟を軽く噛んで開いた。

はだけた胸の真ん中、濡れた感触が熱く滑る。

「ば…っ！　舐められてなんかいないぞ！」

「そいつはよかった。俺が初めてになるわけだ」

「斑尾！」

「下はどうだ？　下着の中に手は？」

「入れられるかっ！」

耐えられなくなって、私は思いっきり彼の腹に蹴りを入れ、身体の上から跳ね飛ばした。

「痛ぇ…っ！」

うずくまったケダモノが恨みがましい目でこっちを睨みつけようと、知ったことか。

ホテルから持って来たベッドカバーを引っ張り、巻きつけて身体を隠す。

「鈴蔵」

「恋人にその気になるのは男としてやぶさかでないことは理解してやろう。だが、こういうやり方は女性でも拒むと思う」

「『やぶさか』…ねぇ」

彼は乱れた髪を掻き上げ、長いタメ息をついた。

「そうだな。お前は特別なお姫様だったな。どんなにはやる気持ちがあっても、強姦したら二度と一緒にいたいなんて思わなくなると、言ってたし。世の中に紳士面した強姦魔がいることもわからず、身体で契約を取るなんて聞けば怒り心頭に発して、ソフトクリームをベンチに座って食ったこともなけりゃ、牛丼屋で立ち食いをしたこともないんだろ」

「…牛丼屋なんて入ったことはない」

「ああ、そうだろうさ。そういうところが好きなんだから。俺が間違ってたよ」

斑尾は上着を脱ぎ捨て引き締まった上半身を晒すと、そのままベッドカバーから出ている私の足を取った。

「今時、女だっていねぇぞ。この場に及んでベッドカバーを巻きつけて震えるようなヤツは」

引き戻そうとするとその足から靴下を剥ぎ取る。

靴下は両足とも簡単に脱がされ床へ投げ捨てられた。

剥き出しになったその甲に彼が顔を寄せ、唇を寄せる
「…何してるんだ！」

「許しを乞いてるのさ。別荘へ置いてくれって言った時もこうしただろ？」

「あれは手だったじゃないか。それに…、あの時も言ったはずだ。私は人にひざまずかせるのは趣味じゃないと」

「それでも、自分の望むものを手に入れるためなら、俺はいつだってひざまずくことができる。望まれていなくとも」

押しつけられる柔らかい感触に、ゾクリとした痺れが上がって来た。

「頼むから、抱かせてくれ」

願うというよりも、獲物を狙う獣のように下から見上げる彼の瞳。

「ずっとしたかったのを我慢したてたんだから、褒美が欲しい」

その言葉の方が命令であるかのような強い響き。

「俺のものに…」

返事はしなかった。

けれど、拒みもしなかった。

彼の手に残った足を、引っ込めたりはしなかった。

斑尾が動きだし、足を下ろした彼の手がゆっくりとベッドカバーを捲り上げても、顔は背けたが身体は動かさなかった。

「好きだ」

もう何度も繰り返された言葉に、特別な意味を乗せてもう一度彼が囁く。

自分も、その特別な意味を理解できるから、胸が熱くなる。

彼に、友情以上の気持ちを抱いていると自覚はしていた。けれどそれが恋愛まで届くものかどうかまでは考えていなかった。

それを考えてしまった今、自分も彼に同じセリフを吐けば、同じ意味に取られるだろう。

恋愛感情としてお前を好きなのだ、という意味に。

だから何も言えなかった。

嫌いなわけではないけれど、それを口にするのが怖かった。

斑尾は私の言葉を催促はせず、ゆっくりと身体を寄せながら、すっかりベッドカバーの皮を剥き去り、自分のシャツや私の靴下をそうしたように、ベッドの下へ落とす。

次にその手は、さっきはだけさせたワイシャツの襟に再び手をかけた。

だが今度は一気に開くわけではない。じっとこちらを見つめたまま、ゆっくりと手だけをシャツの中に入れてきた。

「男に触られるのはたいしたことじゃないかもしれないが、『俺』に触られるのはちょっと別だろう？」

悔しいことに、認めたくないことほど彼の言葉は正しい。

その指が斑尾のものだと思うと、心臓の鼓動は早くなった。

上代の時には嫌悪しか感じなかった感触。

ソフトに滑る指は身体の中に眠る何か別の感覚を引き起こす。

もちろん、私はそれが何であるかを知っていた。

知っていたから、顔が熱くなった。

「俺も、相手がお前だと思うと興奮する」

「…わざわざ口にするな」

「恥ずかしいか？」

「当然だろう」

彼はにやりと嬉しそうに笑った。

「それはいい。最高の言葉だ」

襟に沿って下りた指が、胸の突起で引っかかる。

そのまま下へ行ってくれればいいのに、彼はゆっくりとその周囲に指を這わせた。

ゾクゾクとする感覚。

触れられていない場所にまで甘い痺れが走る。

斑尾は窺うようにこちらを見ながら顔を近づけて来た。

だがキスのためではない。唇はもっと下、今、彼の指が弄っている胸の辺りにそっと押しつけられた。

「ん…」

思わず漏れてしまった声にまた顔が熱くなる。

けれど彼はそんな声よりも、胸に刺激を与えることに意識を集中していた。

柔らかい舌の感触。

シャツを鼻先で退けて胸を露にさせ、そっと吸いつく。

舌先は器用にそこへ巻きつき、軽く歯を当てた。

「まだら…お…」

じわりと広がる快感に、思わずシーツを握りしめる。

「やめ…」

くすぐったいような微妙な感覚。

ちゅっ、というやらしい音が耳に届く。

それだけではあきたらないのか、もう一方の胸にも指が伸びた。

足を投げ出して座った私の足の間に身体を埋め、胸だけを執拗に責める。

視界は彼の髪で遮られ、実際斑尾が何をしているのか、目で確認することはできなかった。けれど感覚はすべてを伝えて来るから、耐えられない。

「やめ…」

自分の中の『男』という生き物が目覚め、彼の刺激を求め始めるに至って、ついに私は彼の肩に手をかけた。

「斑尾…！」

引き剥がそうとしたのだ。

じりじりとした快感に負けそうになったから、やめてほしかった。

なのに唇も指も離れることはなく、疼きはどんどん大きくなってゆく。

「斑尾！」

もう一度名を呼んで、剥き出しの肩に指を立てると、やっとその刺激は止み、彼が顔を上げた。

「感じるのか？」

「どうしてお前はそう…」

「大切なことだろう？　気持ちが悪いって言うならやめてもやるが、堪らないって言うならこのまますするぜ」

気持ちが悪いと言えるわけがない。

まだ服に包まれているとはいえ、自分のソコはすでにふっくりと頭をもたげ、隠しようのない事実としてそこにあるのだから。

もし彼の手がそこに触れたら、いや、触れなくても視線を向けてしまったらすぐにそんな言葉が嘘だとわかってしまうだろう。

「どうだ？　感じるか？」

追い詰められ、返す言葉は一つしかない。

「…感じるから…やめてくれ」

言葉にした途端またカッと顔が熱くなる。

きっと、自分の人生で一番顔が熱くなった瞬間だろう。

唇を噛みしめ、彼がからかうであろうことを予測し、身を堅くする。

だが彼はからかったりしなかった。

ゆっくりと身体を離すと、私の長い髪に指をからませ、その毛先にキスを贈って来た。

「俺は前にも言ったようにアグレッシヴな男だ。自分の欲しいものには真っすぐに進むし、障害を踏み越えるタイプの男だ。だがな、好きな相手の気持ちを無視するほどデリカシーのない男でもないんだぜ」

胸を責めた唇が、唇に重なる。

「力を抜けよ。鈴蔵を欲しいとは思うが、抱くのは欲望だけじゃない」

力を込めずに肩を押し、横になるように促す。

「好きだから抱くんだ」

抵抗することはできたのにせず、私はずるずると身体を倒し、少しタバコの匂いの残る枕に頭を沈めた。

「何せ、大切な姫を『抱かせていただく』んだからな。優しくするさ」

自分は狡い。

彼がひどい人間だと思った時、知らない方が幸せだと事実を受け入れることを拒んだ。

彼を憎からず思っているのを自覚しながら『好き』とは言わない。

与えられる愛撫に感じながらもそれを受け入れることができない。

何もせず、彼がしてくれることを身を堅くして待っているだけだ。

「斑尾」

精一杯の勇気を出しても、せいぜいが彼の身体に腕を回すことくらい。

「鈴蔵？」

「嫌ではない…」

「鈴蔵…」

「嫌ではないが…、簡単にお前と同じようにはできないんだ」

「…お前は」

何か言いかけて声が詰まる。

「何だ」

やはりこれだけでは不満だっただろうか。

「いや、本当に可愛くて、姫君だと思っただけだ」

けれど彼は私の視界の中で嬉しそうな表情を見せてくれた。

「私は男だと言っただろう」

「わかってるさ。だが男だって女だって、こんなに可愛いヤツはいない。誰にも渡したくないし、他の誰にも触らせたくないもんだ」

そしてこうも言った。

「やっぱり、上代の野郎は一発ブン殴って来るべきだった」

こうして抱かれている今も、『愛している』とは言えない自分なのに、彼はまったくそれを許してくれている。

回した腕を許可ととったのか、急に忙しなくなる手がそろそろと差し込むだけにしていたワイシャツを上着ごと脱がす。

そのせいで腕が離れると、今度は彼自身が手をとって腕を回させた。

ファスナーが下りたズボンにも手がかかり、ゆっくりと下ろされる。

「明かりを消してくれ…！」

慌ててそう願い出ると、彼は声を殺して笑った。

「はい、はい。姫は恥ずかしがり屋だからな」

「当然のことだろう」

「当然ねぇ、残念だよ。俺のカッコイイ肢体が見せられなくて」

「そんなもの、もう今見ているじゃないか」

「そいつはすごい殺し文句だ」

せっかく回させた腕をもう一度解いて、斑尾がベッドを降りる。

明かりが消え、しばらくしてから戻って来た彼の重みをまた身体の上に感じる。

三度目だから、腕を背に回してよいものかどうかを迷っている隙に下半身は剥き出しにされ、ソコに手が触れた。

「う…」

声が漏れても、手はそこから動こうとはせず、形をそのままにそうっと握り込んだ。

「斑尾…」

切ないほどの苦しさが腰の疼きと共に全身を襲う。

「俺だって同じようなもんさ」

茶化すような口ぶりでそう言う彼の息遣いが薄闇の中、耳に届く。

「や…」

彼もまだ目が慣れていないのだろう、口づけるというよりも密着するように顔を寄せて来る。

「…う…」

長い指が搦め捕るように私を追い詰める。

そのまま、寄せていた彼の顔が下へ降り、濡れた感触が腹に触れた。

「まだら…」

濡れた痕跡を残し、舌は腹からさらに下へ。

「や…っ」

直接的な刺激にのけぞる。

頭の中がチカチカと明滅するような気がした。

唇が、手でつかんでいたモノに触れ、先端を舐める。

「だめ…」

次の瞬間、手はその舌に場所を譲った。

「ああ…」

すっぽりと生暖かいものに包まれ、ハッキリとした欲望が形をなす。

「やめ…」

困惑するような快感から、切実な餓えに。

「斑尾…、ダメだ…」

堪えられない。

自分の内に、男に『されたい』と思う気持ちが生まれるなんて。

「やめてくれ…」

手を伸ばし、彼の髪をつかんで引き剥がそうとした。

彼を好きだと思っても、やはりそれは越えてはいけない一線の気がする。

「冗談じゃねぇよ」

だが彼は私のモノを咥えたまま、願いを拒否した。

「俺だって、もう『ダメ』だ」

「斑尾…」

「相手の気持ちを無視して強姦するなとは言ったが、気持ちが伴った上だったら強姦じゃないンだろう？」

「それは…」

「恥じらいなんかで俺を止めるな。今日まで待った、優しくもしてやる、気持ち良くもしてやる。このうえ何をさせる気だ？」

語気を荒くし、咥えていたモノに軽く歯を立てる。

「ッッ…」

「恥ずかしくても、つらくないなら、想いを遂げさせてくれ」

その言葉に、声の響きに、心が動いた。

「頼むから」

私はいつも狡い。

恋愛に関してはとても卑怯な人間だ。

どうしても、どうしても、彼のようにはなれない。

だから『いいぞ』と言ってはやれない。

「鈴蔵…」

そして少しわかった。

彼はそんな私のことを知っているのだ。

そして甘やかしてくれるのだ、と。

腕の力を抜き、彼の髪から手を離す。

「あ…」

声は漏れるが、もう『ダメ』とも『やめろ』とも言わなかった。

それだけで、こちらがどんなつもりなのか、彼にはわかるのだ。

溢れる欲望をその唇で受け、さらなる熱を求める舌。

内股の、他人が触れることのないような場所ばかりを滑る指。

「は…っ、…んん」

のけぞる首。

力を抜く脚。

ヒクつく腰を押さえつけ愛撫を重ねる手の邪魔をしないように、腕をだらりと下ろして、シーツを握る。

柔らかなベッドのスプリングに沈む身体。

熱を帯び、欲を帯び、燃えるような激情に包まれる。

「あ…、あ、あ、あ…」

指が、自分の身体の奥を探り、ゆっくりと中をこじ開ける。

「や…」
挿入感は異質で、鳥肌が立ちそうだ。
「大丈夫だ」
不安なほど、焦れる感覚。
異物感に筋肉が収縮する。
まだ愛撫の域を出ないその刺激は、慣れない身体には強すぎた。
酩酊するように、意識がブレてしまう。
それでも、我慢ができた。
『大丈夫』というありきたりな彼の一言が、木霊のように胸で繰り返されるから。
斑尾を…、好きなのだ。
彼が強く求めてくれることが嬉しいのだ。
やっとここまできて、認めることができた真実。
「ん…っ、う…」
浅ましいような自分の媚びる声も、当然のこと。
彼が自分のものではないかもしれない。自分が好きになったのとは違うかもしれない。
そう思うと怒りが込み上げるほど『好き』だったのだ。

これが正しい恋愛かどうかを悩む前に、彼を他の人間より失いたくないものかどうかを考えてみればよかった。

彼を信じられなかったのは、彼が自分を好きなはずがないという思い込みのせい。好かれていないのなら、自分から先に好きになるのが怖かったのだ。

そんな不安のすべてを押しのけて、あの日の嵐のように強引に現れる斑尾に、自分だけが甘えてもよいというのなら、彼にだけ自分はプライドを捨てよう。

自分はこうであるべきという思い込みを捨てよう。

「あ…」

彼が私を欲しいというのなら、差し出してもかまわない。

「鈴蔵…」

抱きしめて、名を呼んでくれる声が切なげに震えたから。

彼のことをもう疑わずにいられるだろうから。

「ん…」

身のうちに溢れるものが、彼を呼び入れる。

我慢し切れないというように身体を起こし、長く纏っていたズボンの前を開けて彼が挑みかかる。

ソレを見ることはできなかったが、逃げることもしなかった。

自分には無理だろうとわかっていても、唇を噛みしめて目を閉じた。

快感を塗りつぶすように広がる痛み。

「鈴蔵」

脚を広げさせられて、差し込まれる熱。

「あ…、あぁ…」

無意識に閉じる膝が彼の逞しい身体を強く締める。

声が消えるほどの痛みと圧迫感で力が抜ける。

拒む身体に道をつけて彼が入り込む。

「や…」

脚がピンと張って、つってしまいそうだ。

鼓動と一緒になって身体が震える。

目を開けると、持ち上げられた膝が闇に慣れた瞳に映った。

それだけでまた恥ずかしくて身体が悶える。

「斑尾…」

唇だけでは足りなくて、シーツをつかんでいた手を口元に移しその指を噛む。そうしていないと、意識がさらわれてしまいそうだったから。

痛みなら、充分味わっているというのに、もっと強い痛みが欲しかった。

「痛…っ」

涙が零れても、声をあげても、止まることのない彼の動き。

愛しくて、切なくて、どうにかなってしまいそうだ。

お前は…、いつも私をどこか遠くへ連れてゆく。行ったことのない場所へ簡単に運び去る。そしていつも、私はそれに戸惑いながらも嫌とは思えない。

この時もそうだった。

彼の激しい動きが、熱い身体が、私をどこかへさらってゆくというのに、どうしても嫌だとは思えなかった。

「んん…」

明かりをつけていればよかった。

そうすれば彼の顔が見れたのに。

「鈴蔵、指」

歯型のついた指を取り、優しく口づけられる。

「も…う…」

ずくずくとした痛みを、快感が凌駕する時が近い。

そう思った時、彼が闇の中で両腕を広げた。

まるで闇に飛ぶ鳥の翼のように。

そして強く私を抱きしめると、ゆっくりと進めていた身体を一気に進め、私を貫いた。

「ああ…っ！」

逃げても、逃げられない。

『いやだ』と言う暇も与えない。

ぴったりと、一組の貝のように形を合わせ体温を一つにする。

彼が確かに自分の体内にあって、自分を侵しているのだという快感と官能。

「や…っ、あっ…」

「う…っ…ふ…っ」

思考も消え、理性も消えてゆく。

彼のモノが蠢くたびにエクスタシーに押し上げられる。

何かに縋るように抱きついた指は、彼の堅い背中に食い込んだ。

築き上げて来た『鈴蔵嘉瑞』という価値観が崩れ落ちる瞬間、私はやっとその一言を口にすることができた。

「ま…だらお…」

彼の腹に当たる自分のモノが隠しようもない『性欲』の満ち足りた証しを流した時になってやっと。

「好き…！」

みっともなく、淫らな自分をさらけ出して。


イメージが、闇の中に浮かぶ。

落とす影も消える暗闇の中、存在しているのは自分だけ。

感じる気配は現れた彼だけ。

余分なものはすべて世界から消失し、実感できるのはただ二人だけ。

あんまりにも彼がずっと私のことを姫だの何だのというから、そのせいだったのだろう。

粗野で、無頼漢で、どこか秘密めいた獣のような空気を持つ斑尾が、自分の前へ歩み出た途端、まるで騎士のように膝を折って頭を下げた。

私は裸足で、彼の唇がその足先に触れる感触を確かに感じた。

顔を上げて、それが当然のことのように享受している。

けれどわかっていた。

これは一つの儀式であって、決して私の立場が彼の上にあるのではないのだということを。

その証拠に、足元から私を見上げる彼の瞳は勝ち誇った色を宿している。

屈服と忠誠の証しにつま先にキスを贈っているのではない。

足元から綺麗にすべてを喰らうために膝を折ったに過ぎない。

そして私は喰われる獣として、最後まで凛として己を保つために痛みがあろうと、快感があろうと、その眼差しを前に向けていなければならないのだ。

立ち上がった斑尾は、今度は私の手を取ってどこかへ導こうとした。

そこはまた私の知らない場所なのだ。

彼だけが知っていて、私が知らないで、驚くことを予測し、楽しんでいるのだ。

だが私は取られた手を引っ込めることはしなかった。

待っていたかのように指をからめ、自ら一歩を踏み出した。

いいとも、どこへでも行ってやる。

この手が離れないのならば、どこへでも。

…望むのならば。

ドレスもティアラもない。

お前も剣を帯びてなぞいない。

けれど私達はまるで中世の絵物語のように背筋を伸ばして前へ進む。

恋に落ちた姫と騎士のように。

愛しさだけを携えて。


夢で見たそのイメージを、私はコンペの作品に具現化した。

当然のことながら自分が姫になるわけにはいかないから、姫はミズホさんをモデルにしてドレスを作り直した。

今までの自分が作っていたベーシックでオーソドックスなものではなく、もっとワイルドで、肌を露出させたものを作った。

純白のシルクで。

そして…。

男性の服は斑尾がデザインした。

「鈴蔵の前に出る時はこれくらいしなきゃならないかなってイメージだ」

と言う彼の服は、私とは反対にいつもの彼とは思えないほどフォーマルなブラックスーツだった。

もちろん、彼らしい異種素材の切り替えや、見えないこだわりは多かったが。

夜を共に過ごした後、何となく照れ隠しのために口にした仕事の話。

偶然にも、彼が考えていたコンセプトと私が考えたコンセプトは非常に似ていたのだ。

つまり、女性の足元を男性が飾るというイメージを車に重ねる、という。

だから、両者の服はピッタリと一つの形をなしていた。

そして斑尾は、そのアイデアを、エルステッド社を飛び越して直接コマーシャルを撮る今藤監督の元へ持ち込むと、彼を説得した。

このイメージで進めたいのだという言葉を添えて。

今藤氏は異論を唱えず、むしろそのアイデアを歓迎してくれた。

監督を抱き込んでしまえば後は簡単だ。

次に斑尾は上代のホテルでの一件を本国へ送った。

彼に上代の情報を回してくれた人間づてに、あの男が薬品を使って男性を強姦しようとしたことを。

その証拠の写真もビデオもあり、薬品もある。ホテルマンという第三者の証言もとれている、という内容の書類をつけて。

私としては、ある意味はなはだ不満だった。

当然だろう。

襲われた自分の写真が他人にバラ撒かれるなんてゆるせるはずがない。

写真は枕で顔が隠れているものを一枚、ビデオでは私が映っているところはカットさせるということを約束はさせたが、釈然とはしない。

「そう言えば、あの時の写真とビデオはどうしたんだ」

と聞くのは当然だろう。

「ん？　ウチにあるぜ」

相変わらずぬけぬけと言う彼と、ケンカになるのも必須だ。

「私に渡せ」

「なんで？」

「なんでって、私が映っているんだから当然だろう」

「大切な証拠なんだぞ。お前に渡したら絶対握り潰すだろう」

「当然だ。あんなもの残しておけるか」

「だから、証拠なんだってば」

「証拠であっても、使わせないのだから握り潰してもいいだろう」

「ダメ。俺が楽しむから」

「斑尾！」

どんなに怒鳴っても、彼はそれを渡してはくれなかった。

そのことはおおいに不満だったが、一枚だけでも使わせてやった価値はあった。

コンペは中止。

私達の意向を汲んだコマーシャルが作成されることになり、二つのブランドのコラボレーションを売りだしにすることに決定した。

エルステッド社からは新しい幹部がやって来て、社長は飯尾氏に変更になり、上代は職を追われることとなった。

異議を唱える権利は与えられたようだが、もちろん彼は黙って姿を消した。

すべては順調に進み、コマーシャルは近々本格的に始動することが決定している。

私は私の仕事をし、彼は彼の仕事を続ける。

組むことを考えないではなかった。

彼は言ってしまえばサラリーマンだし、自分は社長なのだから、彼を『ＢＥ―ＢＯＰ』から引き抜いてウチに入れてしまえばいいことだ。

けれどそれはできなかった。

彼が固辞したというのもあるが、私も彼を誘いきれなかったから。

私達は違う。

感性も、美しいと思うものの完成型も。

重なる部分は多いが、相容れない部分も多い。

彼の才能を認めるだけに、その部分を消して自分の元へ来いとは言えず、自分の築き上げたものを壊してまで彼を迎えることができなかったのだ。

これからも、私は私らしい服を作り、彼は彼らしい服を作るだろう。

互いに別々の場所で。

だが、恋は消せなかった。

立場が違っても、争う相手であっても。

一度愛しいと思ったものは手放せなかった、どちらも。

「今度、新しいスタッフを雇うことに決めたんだ」

自分達それぞれの時間を過ごした残りの時間すべてを、私達はどちらかの部屋で過ごした。

「新しいスタッフ？」

お互いの部屋のカギを渡し合い、都合がついた方か、会いたくてたまらないと思った方が相手の部屋のドアをノックした。

「そう。以前からマネージャーの小川に言われていてね。ファッションのことがわかって、私のデザインを理解し、人に命令を下すだけの意志の強さのある人間を、そばにおいたらどうかって」

昨日は、彼が私の部屋を訪れた。

そして今日は私が彼の部屋を訪れる。

「ほう、ヘッドハンティングか」

「まあそんなものだな」

広いモノトーンのリビング。

金属の光沢と少しアナクロいデザインの多い部屋で、グレイのソファに身を沈めながら雑誌をめくる私の足元で、猫のように引っ繰り返ってタバコをふかす斑尾。

「すぐには使い物にならないだろうから、しばらく私付きで研修をさせるつもりだ。だがゆくゆくはいいポジションを取るだろう」

「お前付きだって？　そいつは妬けるな。仕事中ずっと一緒ってことだろう？」

「当然だ。何もかも覚えてもらわなくてはならないからな」

「年寄りか？　若いのか？」

「若いよ」

むっくりと起き上がり、タバコを消して私の隣に移動する彼に向ける笑顔。

「ハンサムか？」

「美人だ」

ムッとした表情を向ける斑尾に、ちょっとした優越感を感じる。

「女か。お前は元々ノンケで、女が恋愛対象だから心配だな」

「何が心配なんだ」

「浮気」

読んでいた雑誌を閉じ、それをテーブルに投げたのは私ではなく彼の手。

「バカバカしい。そういう倫理観のないことを、この私がするわけがないだろう」

「だが気に入ってるんだろう？」

「気に入ってるな。やっとのことで口説き落としたくらいだから」

「会わせろよ」

腕が肩を抱き、甘えるように引き寄せる。

「かまわないぞ。もっとも、お前も知っている人間だと思うがな」

「俺が知ってる人間？」

口元を綻ばせると、彼は『ああ』とうなずいた。

「ミズホか？」

「違うな」

「じゃ、誰だ」

「丸山京子さんだ」

「ミズホじゃねぇか」

「それは水商売での名前だろう。我が社で雇う時にはあくまで『丸山京子』嬢だ」

そう。

私は彼女を手元に置くことにした。

水商売の自分が会社勤めなど今更できるわけがない、自信もないと断る彼女を、何とか口説き落としたのだ。

あの頭のよさと度胸のよさは、私にはないものだと思う。そしてしたたかさも。

今はまだ戦力にはならないだろうが、近い将来頼もしいスタッフになってくれるだろう。

「彼女にちょっかいを出すなよ、斑尾。不道徳なことはお前の専売特許だ。浮気を心配されるのはお前の方だろう」

「何だ、ヤキモチ妬いてくれるのか？」

にやりと笑った彼は私がまた恥じらって顔を背けると思っていたようだが、そうはしなかった。

悠然と彼を見返し、当然のことのように言うだけだった。

「私がそういうことを許さない性格だと知っていてそれをするなら、当然のことながら私と別れるという意思表示なのだろうと受け取るよ」

「おい、おい、鈴蔵」

「当然だろう？　私は他人と恋人を共有する趣味はない」

「恋人？」

「あれだけのことをさせておいて、そうじゃないと言うのならこのまま帰るぞ」

言葉がすべてではないことを、私は知っている。

見えている姿がすべてではないことも知っている。

斑尾の口は悪く、態度も悪い。だが、彼が私を本気で愛しいと思ってくれているように。

この気持ちがあっても、彼に容易に『好き』と言えない自分のように。

けれどだからこそ、時には言葉も態度も必要だとわかってもいた。わからないのならしょうがないと逃げていては何も起こらないのだと。

彼がそのアクションを起こしてくれたからこそ、自分はここにいて、大層な口をきけるのだと。

「もちろん、そんなことは言わないさ。せっかく手に入れた美姫を逃すほど間抜けな男じゃないからな」

だから、贈られるキスを受けながら私も譲歩する。

「それなら、『好き』だと言ってやる。お前の望むだけ」

すましていればモデル並にハンサムで、怖いほど『男』である斑尾の顔が、子供のそれに変わって破顔一笑するのが嬉しくて。

「好きだから、目を移すな」

どこまでも彼に甘えて、強気な愛の言葉を。

少し頬を染めながら…。

おわり

キスのスパイス

俺が仕入れた『鈴蔵嘉瑞《すずくらかずい》』に対する噂は、あまり芳しいものではなかった。

いわく、顔だけでデザインは別の人間にさせているとか、生まれと美貌を鼻にかけて人を見下しているとか、天然で何にもできないとか、男性を恋愛対象にしているとか、今となっては本人の耳に入れられないようなものばかり。

実際の彼は、真面目で、気さくで、気位は高いが決して差別主義ではなく、料理も洗濯も自分でする男だった。

男にしては綺麗過ぎる顔立ちと長い髪が、噂の半分を呼び、残りは彼の才能と幸運に対するやっかみだったのだろう。

それを充分知った俺は、彼に惚れ、口説いて迫って、ようやく彼を手に入れた。

彼の白い肌も、色っぽい表情も、俺だけのもの。今では鈴蔵の口から「斑尾《まだらお》が好きだ」という言葉も引き出せている。

恋人、と断言していいだろう。

だが、鈴蔵の全てを手に入れたと確信する俺にもまだ彼との恋愛において心配なことがあった。

それは女の影だ。

俺は男性も女性もイケル口だが、鈴蔵は元々女性としか恋愛ができないタイプだった。

俺を選んでくれたのは、俺の努力と魅力と、ラッキーのお陰だろう。

なのに彼の周囲にはファッションデザイナーとしていつも女性がいる。しかも皆悪くはない女達ばかりが。

モデルや社員は当然として、顧客にはそれなりの家柄のそれなりの娘もいる。

鈴蔵が一度『好き』と言った相手をほったらかして他に走るタイプとは思えなかったが、世の女が彼よりも一枚上手であることもわかっていた。

つまり俺の今のところの心配は、ウチの可愛いお姫様が悪い魔女に引っ掛からないか、ということだった。


「金曜の夜なんだから、デートぐらいいいだろう」

仕事をしながら電話を肩に挟んで口説くのは、当然鈴蔵だ。

『金曜は夕方から人に会う約束があるんだ』

だが恋人の反応はつれなかった。しかしそれで諦めるわけがない。先週は仕事が立て込んでいて、彼の顔を拝めていなかったのだ。

「どこで会うんだ？」

『ロワイヤルホテルだ』

「じゃあそこでお前の用事が済んだ後に会わないか？　俺がホテルへ行くよ」

『どうしても時間を取れと言うんだな？』

「当たり前だ」

『…わかった。それじゃ午後七時にホテルのラウンジで待ち合わせよう。それまでには用事を済ませておくから』

「わかった。七時だな。絶対だぞ」

『私は約束したことは守る。それより、お前こそ遅れて来たら私は帰るからな。待つのは十分だけだぞ』

「待たせるもんか。それじゃ、七時に」

そう約束して電話を切ったのは火曜日だった。

そこから会社に泊まり込んでスケジュールを空け、週末いっぱいの休みを勝ち取るために頑張った。

迎えた金曜日。

俺は七時より早くホテルに到着し、まず部屋を取ってからティーラウンジに向かった。

フロアを見渡すと奥の席に鈴蔵と、彼の客には相応しくない、どこか田舎臭い無骨そうな親父を見つけることができた。

人に会うというのは、仕事か何かだろうか？ それならば他社のデザイナーである俺が声をかけてはいけないと、彼等の近くの席に座った。

「…に、ありがとうございます」

男の声が、ハッキリとではないがここまで届いて来る。

個人的な知り合いだったのか？

鈴蔵の態度は客前とは思えないほど、穏やかに微笑んでいた。

見るとはなしに彼の方をチラチラと見ると、彼の隣には『富山名産渦巻きかまぼこ』と書かれた紙袋が置いてある。鈴蔵がそれを取り寄せたとしても、こんなところで受け渡しはあり得ないから、相手の男の手土産だろう。

「お父さん、もう頭を上げてください」

頭を下げる男に、鈴蔵は手を差し出した。

「でも…」

「娘さんのことは大丈夫です。私がちゃんと責任を持ちます」

「本当に、こんな立派な方に面倒をみていただけるなんて…。いや、ウエディングドレスなんて高いもんなんでしょう？」

「今すぐというわけじゃないですし、私が世界で一番素敵な花嫁にしますよ」

ウエディングドレス…。ではやはり客か。

だが見たところ、鈴蔵のブランド、『サイクロイド』で服をオーダーするには、失礼ながらあまりそぐわない感じがする。

彼のブランドは高級で、金に余裕のあるハイソな人間が多い。特にマリアージュと呼ばれるウエディングドレスはかなり高価だろう。

身体に合わない型のはっきりしたスーツを着ているような中年男性には高嶺の花だと思うのだが…。

「鈴蔵さんにそう言ってもらえると、本当にありがたいことです。どうか、ふつつかな娘ですが、どうぞよろしくお願いいたします」

…ふつつかな娘？

嫌な言葉だ。それは娘を嫁に出す男の定番のセリフではないか。

「お父さんのご期待を裏切らないようにします」

しかも何故、それを受け取るような発言をする、鈴蔵。

「いやいや、そう言っていただけると。あれは、気の利く娘なんです。あれで料理も上手いんですよ」

「ご相伴にあずかりました」

その『娘』の手料理を食べたのか？

…いや、待て。

会話の片鱗だけを聞いて勝手な妄想を抱くのはよくないことだ。たとえ今の会話が、花嫁の父親と結婚を申し込んだ男の間に交わされるようなものだったとしても、あの鈴蔵に限ってそんなことがあるわけがない。

だって俺がいるのだ。

彼の愛情を勝ち得た男がいるのだ。

会わなかった十日程度の間に運命の女に出会ったとしたって、結婚まで話が進むわけがない。彼がヘマをして相手の娘に子供が出来たとかいう以外は。

…生粋の紳士を自負している彼がそんなヘマなど起こすはずもない。

「先生のような方のところへ行けて、あいつも幸せ者です」

「そんなことないですよ。お嬢さんは美しく聡明な方です。だから私も惚れ込んで無理を言ったのですし」

絶対にあり得ない。

この会話にはきっと何かワケがあるに決まっている。

「いやいや、望まれるというのが一番いいことです。私も妻も、これで一安心です」

「ご信頼に応えられるように努力いたします」

「本当に、ありがとうございます」

男は日に焼けた手で、鈴蔵の両手をしっかりと握り、深々と頭を下げた。

彼を信じている。

彼の愛情は疑わない。

だが、心の奥底にもやもやとしたものが湧き上がるのを止めることができなかった。

「では、私はこれで失礼いたします。先生は…？」

「私はこの後もう一件仕事で人と会う予定があるので、こちらで失礼いたします」

「そうですか。それではまた。本当に、本当に、ありがとうございました」

二人は共に立ち上がり、男の方が頭を下げるのに合わせて鈴蔵も頭を下げる。

そして男の方はそのままラウンジを出て行き、その姿が見えなくなるまで立ったまま見送った彼は、微笑みを浮かべながら再びソファに腰を下ろした。

俺と会うのは仕事か？

押し付けがましい見合いでもなさそうだし、仕事の話とも聞こえなかった。あの男の娘とお前の間に何があるというんだ？

何か適当な理由を考えようと思うのだが、今の会話を花嫁の父とその娘に結婚を申し込んだ男以外の解釈が浮かばない。

俺は座っていた席を立ち上がると、そのもやもやとした心のまま、彼の傍らに立った。

「鈴蔵」

肩より長い少しウエーブのかかった髪を、細いリボンで一つに結んだ男が、振り向いてこちらを見る。

「斑尾、早かったな」

俺の姿を見て、にっこりと花が綻ぶように笑う美しい顔。

「近くに座ってた。人と会ってたようだな」

「ああ、ちょっと仕事の関係でね」

彼の薄紅の唇が、微笑みながら嘘をつく。

今の会話はどう聞いたって仕事の話ではなかっただろうと言ってやりたいが、それでは盗み聞きしたことがバレてしまうし、その先の会話をここで続けることができないのでグッと我慢する。

「どこかで食事でもするか？」

「…そうだな。上に部屋を取ってあるから、そこでルームサービスでどうだ?」

「部屋か」

彼は一瞬、戸惑った顔を見せたが、すぐに頷いた。

「わかった。ではそちらへ行こう」

男の手土産らしい紙袋を持って、彼が立ち上がる。

「それは何だ?」

と訊くと「先様の手土産だ」と当たり前の返事が返ってくる。

隠す様子はないのに、さっき一瞬見せた戸惑う顔がまた引っ掛かる。

一緒に払ってやると言ったのだが断られ、別々に会計を済ませてからティーラウンジを出る。

エレベーターに乗っている間、彼は「仕事は終わったのか?」と優しい言葉をかけてくれたが「上がったから来たんだろう」と冷たい返事をしてしまった。

彼と毎日一緒にいられるわけではないのだから、もっと楽しい会話をしたいのに。

エレベーターがフロアに着き、扉が開くと、俺は先に立って歩きだした。

今ここで嫉妬心を剥き出しにしても、彼には意味がわかるまい。まずは部屋だ。部屋に入ったら仕切り直すのだ。

カードキーを差し込み、ドアを開け、扉を押さえて彼に入るように促す。

「どうぞ、お姫様」

「…それは止せと言ってるだろう」

「敬意を払ってるだけさ」

「からかわれてるようにしか聞こえない」

不機嫌そうに俺の前を抜ける彼の、髪を結んでるリボンの端を引っ張って髪を解く。

「あ」

と短い驚きの声が上がり、彼が振り向いて俺を睨む。

「こっちの方が好きなんだ」

と言うと、文句の言葉は出なかった。

部屋は当たり前のようにスイートのツイン。

俺としてはダブルでもいいのだが、鈴蔵が世間体を気にするだろうと思って選んだ部屋だった。別に、誰と誰が泊まったかなんてわかりはしないし、わかったところでホテル側は気にしないと思うのだが。

部屋の中には、チェックインした時に頼んでおいたワインがフルーツやグラスと共に置かれていた。

「何だか嫌だな」

「何がだ？」

「斑尾はこういうことに慣れているという証明のようだ」

言いながら、彼がソファに腰を下ろす。その動き一つとっても、彼は優雅だった。

ドスンと腰を下ろすのではなく、背もたれに手をかけ、椅子を回るようにして腰掛け、座ってから組んだ脚の上で軽く指を組む。

「見惚れるな」

「何が？」

「お前にさ」

「…またくだらないことを」

「くだらなくないさ。俺にとって、お前は美しい芸術品のようなものだ。鑑賞し、堪能したい」

「私は人だ。芸術品なんぞではない」

「そこがありがたいところだ」

俺は敢えて彼の隣に座った。

「お前が人間だから、俺はこうしてお前に触れられる」

手を伸ばし、髪の隙間に差し込み、その頬に触れる。

中指の先が耳たぶに触れると、鈴蔵は顔をしかめた。

「そういう触り方はやめろ」

「どういう触り方？」

「壊れ物に触るような、だ。くすぐったい」

「では、お言葉のままに」

俺はにやりと笑うと、手を彼の頭の後ろまで回し、グイッと引き寄せた。

「斑尾」

十センチと離れていない場所に恋人の顔。

髪が揺れ、甘いコロンの香りが広がる。

「さっき会ってたのは誰だ？」

なるべく落ち着いた声で問いかける。

「…何を言い出すんだ？」

「聞き耳を立ててたわけじゃないが、少し会話が聞こえた」

「聞いてたのなら説明する必要はないだろう」

「全部聞いてたわけじゃない。だから説明して欲しいんだ、お前の口から」

「はあ？　何を言ってるんだ？」

上目使いに見る彼の顔が険しくなる。

だがそれをものともせず、俺はその白い額にキスをした。

『ふつつかな娘』を『ちゃんと責任を持って』『私が世界で一番素敵な花嫁にします』という言葉の意味を、俺に説明してくれ」

「…斑尾？」

「でないと、今夜は酷くしてしまいそうだ」

人が見ていなければ、嫉妬心を剥き出しにしてもかまわない。

それを知るのがお前だけならば、俺は幾らでも本音を口にしよう。

それほどお前を愛している、という証拠になるだろう？

「斑尾」

もう一方の手も彼の身体に回し、背を抱く。

「言ってくれないと、俺は心配でたまらないんだ」

鈴蔵は、不快そうな顔を見せ、小さなタメ息をついた。

「結婚するんだ。それで相手の親御さんと会っていた」

「…鈴蔵！」

信じられない言葉を聞いた瞬間、彼を抱いていた手に力が入る。

するると彼は形のよい唇の端を上げ、笑みを作った。

「と言えばよかったか？　大バカ者」

「お前…、俺をからかったな？」

「勝手にお前が誤解しただけだろう」

「今のは確信犯のセリフだ」

「お前が途中で大きな声を上げただけだ。あの方は、お前にとっても無関係というわけじゃないんだぞ」

「どういうことだ？」

「あちらは、丸山さんのお父様だ」

「丸山？」

「丸山京子さんだ。私がヘッドハンティングした」

言われて、ホステスの女の顔が浮かんだ。

行きつけの店のホステスで、美人で頭の回転が早いからと、ちょっとした企みの時に協力を頼んだのだが、その時に出会った鈴蔵が気に入ってホステスから引き抜いて自分の補佐として雇ったのは聞いていた。

「あの丸山か」

「そうだ。お父上は彼女が水商売に従事していることを心配していて、店を辞めて会社に入ったと聞き雇い主に挨拶にいらしたんだ」

「じゃ、ふつつかな娘って…」

「丸山さんのことだ。あまりご心配なさるから、私のところでちゃんと勤めてらっしゃるし、いつかご結婚する時にはうちでドレスも担当したい、その日まで私が責任を持って面倒をみさせていただくと申し上げたんだ」

そうか…、そういうことだったのか。

「なんだ…」

「『なんだ』じゃない。お前は、私がお前がいるのに女性との結婚を進めるような人間だと思っていたわけだな？」

「いや、信用はしてたさ」

「どうだか。だいたい私のことを…」

俺は目の前の唇に唇を重ね、彼の怒りの言葉を封じ込めた。

「まだ…、ん…」

逃げようとする頭を押さえ、開いた口に舌を差し込む。

鈴蔵は顔を背けようとしたが、そのせいでバランスを崩し、ソファの上へ仰向けに倒れ込んだ。

「斑尾…！」

「疑ったわけじゃない。嫉妬ってもんは信用とは別問題だ」

わだかまりがなくなれば、二人だけの時間を無駄にする理由はない。

小言なんて聞いていられるか。

「お前が好きだから、他の人間に取られたくないんだ」

彼の心が自分にあるなら、いつだって俺は強気だ。

「それがわかってないなら、教えてやる。わかっててからかったのならお仕置きだ」

「お前が勝手に誤解したんだろう」

ネクタイもスーツも、恋人の時間には不必要なものと、ネクタイを外し、襟元を開け、その首筋にキスをする。

「ちょっと待て、何を…！」

すると、彼の手が俺の肩を捕らえて押し止どめた。

「恋人のするべきことをするに決まってるだろう？」

「どうしてお前はそう即物的なんだ」

「男なんだから当然だ」

「世の男性に対して失礼なことを言うな。ガツガツしてみっともない」

「…はいはい。みっともなくて悪うございましたね」

仕方なく手を止める。

俺としては、キスしたらそのままなだれ込みたいと思うのだが、やっぱりお姫様に手を出すには手順が必要か。

食事に酒に甘い言葉が終わるまで我慢しなくちゃならないのだろうと、落胆した俺の顔を彼の手が捕らえる。

「鈴蔵？」

「会いたかった。…その一言ぐらいちゃんと言わせろ」

きっと、この男は自分の愛らしさがわかっていないのだ。ほんの少しの表情の変化で、たった一言だけで、俺の忍耐を吹き飛ばし、欲望を煽るということが。

だから、この状況で自分からキスなど仕掛けて来るのだろう。

軽く合わせた唇。さっき俺からしたものに比べれば挨拶のようなもの。それでも、俺の理性を消すには充分だった。

「さ、離れろ。まずはせっかく用意してくれたワインを…」

起き上がろうとする彼を再びソファへ押し倒す。

「そんなもの、後でいい」

「斑尾？」

中断された行為を、さっきより強引に押し進める。

彼の白い肌の、服に隠れる部分に赤い痕を付け、舌で濡らす。

「今のはお前が誘ったんだからな？」

彼の手が俺を押し戻そうとしても、もう無理だった。

「誘う…って、斑尾！」

敏感で貞節な彼の身体に指を這わせ彼の熱を呼び起こす。

「愛しているから、全部許せ。その気持ちだけはいつも真剣だから」

俺がどれほどお前を欲しがっているか、その身体で知るがいい。

嫉妬も、会わずに過ごす時間も、恋のスパイスだと、俺が今知ったように。

「俺を惑わすお前が悪い」

たとえそれが身勝手な言い分だったとしても…。

あとがき

皆様、初めまして。もしくはお久し振りでございます。火崎勇です。

このたびは、文庫版「甘やかされるキス」をお手に取っていただき、ありがとうございます。イラストの円陣闇丸様、素敵なイラストを再び掲載させて戴き、ありがとうございます。担当のH様、このような機会を与えていただきありがとうございます。

ずいぶん時間が経ってからもう一度皆様に自分の書いたものを読んで戴く、というのは、ありがたいことだと思っております。

この話を書いた頃、髪の長い美形の男だけれど男らしい受、というのを書きたいと思っていたのを思い出します。そういうふうに受け取っていただけたのでしょうか？　アフガンハウンドとシェパード、王子と盗賊、なんてことも言ってましたね。

さて、ずいぶん経ってしまいましたが、このお話の後、二人はどうなったでしょうか？

二人が同じ会社に勤めることはないので、微妙なライバル関係の中、時々の逢瀬を楽しむのではないかと思います。

二人とも大人なので、それで結構満足なのかも。鈴蔵はもちろん、斑尾も一途なので、問題はないでしょう。

ただ、「そして幸せになりました」で終わってはあとがきがつまらないので、ちょっと妄想などを。

二人ともセレブなので、人目を避けてイチャつくために斑尾が鈴蔵を海外に旅行に誘う。高級リゾートでゆっくりしてると、高級な男に目を付けられる。

鈴蔵狙いのちょっと悪いオジサマ…、では当たり前なので、斑尾がそれを警戒してると狙いは斑尾だった。

一服盛られて監禁されて、オジサマに「助けは来ない、私と楽しもう」と言われると斑尾はにやっと笑って「どうかな?」と答える。そして鈴蔵が助けに来て「いいざまだな。お姫様」と言うと「助けてくれてありがとう、王子様」なんて…。

でなければ、モデルの男が鈴蔵狙いで二人の間に割り込む。それがまた純真で、純粋ゆえに、傍若無人な斑尾に正面きって「あなたみたいな人に鈴蔵さんは渡さない」と戦いを挑んだりして。

それでは、そろそろ時間となりました。またの会う日を楽しみに…。

初出
2003年ショコラノベルス「甘やかされるキス」加筆修正
「キスのスパイス」書き下ろし

CHOCOLAT
BUNKO

この本を読んでのご意見、ご感想をお寄せ下さい。
作者への手紙もお待ちしております。

あて先
〒171-0021東京都豊島区西池袋3-25-11第八志野ビル5階
(株)心交社　ショコラ編集部

甘やかされるキス

2011年2月20日　第1刷

著　者:火崎 勇
発行者:林 高弘
発行所:株式会社　心交社
〒171-0021　東京都豊島区西池袋3-25-11
第八志野ビル5階
(編集)03-3980-6337 (営業)03-3959-6169
http://www.chocolat_novels.com/
印刷所:図書印刷 株式会社